manual da demissão

Julia Wähmann

manual da demissão

1ª edição

EDITORA RECORD
RIO DE JANEIRO • SÃO PAULO
2018

CIP-BRASIL. CATALOGAÇÃO NA PUBLICAÇÃO
SINDICATO NACIONAL DOS EDITORES DE LIVROS, RJ

W141m
Wähmann, Julia
Manual da demissão / Julia Wähmann. – 1ª ed. –
Rio de Janeiro: Record, 2018.

ISBN 978-85-01-11278-1

1. Romance brasileiro. I. Título.

17-45918
CDD: 869.3
CDU: 821.134.3(81)-3

Copyright © Julia Wähmann, 2018

Todos os direitos reservados. Proibida a reprodução, armazenamento ou transmissão de partes deste livro, através de quaisquer meios, sem prévia autorização por escrito.

Texto revisado segundo o novo Acordo Ortográfico da Língua Portuguesa.

Direitos exclusivos desta edição reservados pela
EDITORA RECORD LTDA.
Rua Argentina, 171 – Rio de Janeiro, RJ – 20921-380 – Tel.: (21) 2585-2000.

Impresso no Brasil

ISBN 978-85-01-11278-1

Seja um leitor preferencial Record.
Cadastre-se em www.record.com.br
e receba informações sobre nossos
lançamentos e nossas promoções.

EDITORA AFILIADA

Atendimento e venda direta ao leitor:
mdireto@record.com.br ou (21) 2585-2002.

Para Elisa e Miguel,
as minhas pessoas certas

"I was happy in the haze of a drunken hour
But Heaven knows I'm miserable now
I was looking for a job and then I found a job
And Heaven knows I'm miserable now"

The Smiths

Cada macaco no seu galho

O telefone tocou novamente, fui atender e não era o meu amor. Não mesmo, era a moça do Departamento Pessoal, e ali eu já sabia que, ao me levantar da cadeira azul giratória, barata e desconfortável, na qual sentei por anos, e dar os primeiros passos por um corredor azul meio mofado, o rapaz do Departamento de Informática se sentaria no meu lugar e bloquearia meu computador. Enquanto isso, eu estaria assinando os papéis da demissão, ouvindo, cada vez mais ao longe, a voz tensa da moça dizendo que não era nada pessoal, embora o nome do departamento deixasse certa dúvida, que a empresa, você sabe, é a crise, vinha passando por dificuldades, que meu trabalho era ótimo, certamente, mesmo que ela não soubesse exatamente o que eu fazia, e enquanto eu segurasse numa mão a caneta, na outra apertaria os pen drives no bolso do casaco, só de nervoso, e para me certificar de que tudo estava ali, alguns arquivos pessoais e fotos que resgatei do computador que usei por anos. Àquela altura, cerca de duas da tarde, já uma leva de gente tinha ido embora carregando suas caixas de papelão antes do almoço e, portanto, as horas seguintes foram agonias de espera e de backups possibilitados pelos pen drives surrupiados das três ou quatro gavetas abarrotadas de papéis que eu jamais tornaria a ver. Quando a moça terminasse sua fala e me explicasse resumidamente o que eu deveria fazer — a primeira coisa, claro, era ir embora dali —, eu voltaria para a minha agora ex-mesa com a certeza de que não deixaria nada muito íntimo no HD da empresa, ao mesmo tempo que desconfiaria do que poderia haver nos inúmeros papéis das tais três ou quatro gavetas, rascunhos de textos que não terminei, devaneios e rabiscos de reuniões em que a cafeína demorava a fazer efeito, setas, estrelas ou quadrados desenhados obsessivamente durante telefonemas que se estenderam para além do habitual, anotações dispersas de tarefas a cumprir, talvez um esboço de uma declaração de amor — ou de guerra — feita numa tarde tediosa em que até vídeos de pandas falhavam.

O patrão ficou maluco numa segunda-feira em que talvez fizesse frio, visto que eu usava casaco, mas talvez fosse verão, dado que a vida na baia de um escritório é de uma estabilidade climática assombrosa. Mas afirmo, era uma segunda-feira, e quando os primeiros foram embora, de repente, com suas caixas, eu só pensava nas três mudas de roupas e dois pares de sapatos que eu havia socado numa das prateleiras na sexta-feira anterior, quando a vida ainda era uma festa e eu tinha um namorado que, fatalidade, me deixou naquele sábado, embora já estivesse me deixando há certo tempo por outra cidade, alegando que não poderíamos namorar a 9.168,38 km de distância, e eu fazia a Pollyana e via pelo lado positivo, eu tinha um emprego que amava e uma assinatura nova no e-mail que comprovava que eu estava subindo de cargo, embora, você sabe, é a crise, o salário não fosse subir junto, porque naquela época só o que aumentava era o preço do chocolate, do cinema e do coco na praia. Eu tinha também: um torcicolo e uma rinite constantes, consequências de viver num mundo acarpetado; um banco de horas

11

deficitário, consequência de viver num mundo acarpetado e possuir um cartão de ponto carinhosamente apelidado de *escravocard*; um déficit de vitamina D e ausência total de um bronzeado, consequências de viver num mundo acarpetado, com um *escravocard* e sob luz fria.

O patrão ficou maluco e demitiu cerca de 20% de sua empresa numa segunda-feira em que talvez fizesse frio, sem aviso prévio, sem explicação além de, você sabe, a crise, e com requintes de crueldade que tomaram um dia inteiro e que deixaram os funcionários prostrados em suas cadeiras giratórias baratas, esperando soarem seus ramais para se encaminharem à sala da moça do Departamento Pessoal, muito abatida, o que era sua condição normal, consequência de viver num mundo acarpetado, sob luz fria e flores artificiais de temperatura invariável, para em seguida se depararem com seus computadores bloqueados, receberem o consolo dos demais empregados que poderiam ser os próximos, esperarem caixas providenciadas por colegas que poderiam ouvir o chamado em seguida, ou que seriam deixados para a noite, a fim de não atrapalhar a logística das caixas de papelão.

Uma demissão, assim como um pé na bunda, é um evento que legitima a vida na Terra — e, enquanto do segundo se diz que te faz andar pra frente, do primeiro diz-se que, onde uma porta se fecha, uma janela se abre, além de outros consolos, ditados populares e pesares evocados em tais provações. Em comum, ambos geram um sentimento inconteste de rejeição e compulsão, temporária ou não, por açúcar, ansiolítico ou drogas mais marginais, primeiras boias de salvação quando o golpe apenas dói e a janela é somente o melhor lugar de onde se arremessar.

Deus ajuda quem cedo madruga

A demissão repentina ofuscou, ao menos por um tempo, o bunda do meu ex-namorado. Enquanto ele provavelmente se resolvia com o *jet lag*, eu tentava me levantar da cama e equilibrar sobre o pescoço a minha cabeça, que, no meu primeiro dia como desempregada oficial, parecia ter triplicado de peso. Engana-se quem pensa que isso era acúmulo de preocupações a respeito de tudo o que havia com que se preocupar, e não era pouca coisa: eu sofria de uma ressaca terrível, depois de uma bebedeira ainda pior. O porre com os demais demitidos foi a primeira providência óbvia a tomar. Houvesse um manual de comportamento em situações extremas, o primeiro item seria este, e ele se repetiria por alguns dias, estabelecendo um pequeno grupo de apoio não ortodoxo. Naquela terça-feira, depois de finalmente cumprir a etapa de chegar ao banheiro, lavar o rosto, me olhar no espelho e atestar a presença de olheiras inchadas — resultado de choro e álcool em excesso —, consultei o celular para confirmar a desconfiança de que eram 7h30 da manhã. A rotina demoraria a deixar meu corpo.

Caminhei lentamente até a cozinha, desviando das caixas de papelão que exibiam o logotipo da empresa, largadas de qualquer jeito no meio da sala. Fiz um post-it mental: cobrir o logotipo da empresa. Eu não planejava mexer naquilo tão cedo, tampouco queria olhar para aquelas letras serifadas todos os dias, nem mesmo tinha um cantinho para esconder as caixas, e contar da demissão para alguém que pudesse abrigá-las por um tempo estava fora de cogitação. Fiz uma careta involuntária ao beber uma xícara de café fresco, por perceber o gosto real que um café fresco poderia ter, em vez daquele gosto de garrafa térmica cheio de uma água marrom com os grãos mais populares do mercado. Percebi também uma lista de inquietações tomar forma na minha cabeça: eu sabia que deveria ligar para os meus pais para contar que tinha sido demitida, mas não me sentia capaz; eu tinha que atualizar meu currículo e telefonar para todas as pessoas influentes que eu conhecia, mas, você sabe, é a crise; eu queria entrar num avião para ir atrás do bunda do meu ex-namorado, mas no dia seguinte tinha de comparecer ao exame demissional para então ir ao sindicato da minha categoria, e depois ao Ministério do Trabalho, e depois à Caixa Econômica etc. O mais lógico naquele momento, portanto, seria voltar a dormir.

Pensei na possibilidade de comprar dez garrafas de água de coco e consumi-las todas no Jardim Botânico, que estava a uns trinta passos de casa e acenava como um possível refúgio. Mas, em vez disso, telefonei para A. e B., e decidimos tratar da ressaca com um mergulho, afinal, o primeiro dia de vida fora da baia era uma prova irrefutável de que não apenas os carpetes que revestiam o piso e as paredes da empresa eram azuis, mas o céu e o mar também.

A cavalo dado
não se olham os dentes

O exame demissional em quase nada se difere da avaliação feita quando você é contratado por uma empresa, exceto pelos opostos sentimentos de alegria e tristeza que pautam os seus batimentos cardíacos em tais ocasiões. Muito provavelmente, porém, o resultado será o mesmo, e se a sua pressão estiver um pouco acima do esperado, ou se uma taquicardia inusual o acometer, tudo pode se justificar pelo nervosismo que costuma aparecer nas mais diversas situações em que nos oferecemos a uma inspeção, seja qual for a natureza.

A máquina de senhas cospe meu número, logo em seguida os de A. e B. O lugar está cheio, e especulamos que a maioria das pessoas presentes está ali pelo mesmo motivo. Numa rápida retrospectiva, penso no quanto minha rinite se agravou nos anos de escritório, aquele antro de papel e ácaros, assim como meus problemas de coluna. Calculo ter perdido de dois a três centímetros em altura, de tanto que a vida sentada na cadeira giratória me achatou.

Todas as horas passadas em frente ao computador, em posturas pouco ergonômicas, também renderam dores no pescoço que periodicamente desciam pelo ombro e cotovelo, fazendo latejar o punho. Fosse atenciosa e séria, a avaliação médica não demoraria a perceber os danos e reprovaria parte dos candidatos, enviando-os de volta ao emprego, com recomendações de que a empresa providenciasse a reabilitação do funcionário para o mundo real. Mas uma vez acomodada em um dos minúsculos consultórios, não houve brecha para objeção: está grávida? Tem alguma alergia? Fez alguma cirurgia? Algum histórico de diabetes na família? Está fazendo algum tratamento médico? Há alguma outra informação sobre sua saúde atual ou passada que julgue importante?

Sim, quero explicar para o médico do trabalho que me atende, julgo importante dizer que daqui a umas semanas, ou dentro de alguns meses, tudo isso me causará uma tremenda depressão, e as noites sem dormir e as tardes sem ter o que fazer me causarão uma lesão emocional por esforço repetitivo, o de pensar obsessivamente "e agora?". Logo, ainda que eu aparentasse normalidade, já havia uma predisposição para a ruína, o que era diametralmente oposto ao que fora apresentado no exame admissional, anos antes — a disposição da abelha-operária. Em vez disso, intimidada pela rapidez com que todos os parênteses do formulário do sujeito foram preenchidos, como se já estivessem assinalados muito antes de eu chegar, murmurei que sentia um doloroso torcicolo, era o que de mais concreto havia para me agarrar, e que isso se devia à cadeira giratória barata, certamente. E esperei, triunfante, até que o médico me dispensou afirmando que minha saúde estava ótima, me desejou boa sorte e confirmou, com um carimbo, a minha entrada no vale da demissão.

*

Quando reencontrei A. e B. — e outros ex-funcionários — no tal sindicato de nossa categoria, percebi que eu não era a única a me sentir presa em um filme ruim. Percebi, também, como algumas poucas horas expostos ao sol já nos coloriam de tons um pouco mais humanos. A moça do Departamento Pessoal nos esperava na porta de um edifício do Centro da cidade, cheia de pastas e documentos. Modulou a voz para uma doçura nunca antes ouvida, nos conduziu até o elevador, falou do tempo, como manda a etiqueta, e segurou a porta da sala comercial para que todos nós entrássemos e nos acomodássemos em pequenos sofás de couro gasto e estrutura de ferro.

O ambiente era a reprodução exata do imaginário coletivo de uma repartição pública dos anos 1960: um aparelho de televisão de tubo ligado na emissora mais popular do país; máquinas de escrever ociosas sobre mesas revestidas de laminados plásticos imitando madeira; arquivos de ferro esverdeados com sinais de ferrugem; pilhas desordenadas de pastas e papéis; um ventilador de teto cujas pás giram em ritmo de cágado; e muitos, muitos carimbos, além de símbolos religiosos numa das paredes, alguns objetos não exatamente identificáveis e outros um tanto particulares, como uma pequena gaiola onde não caberia um ovo de codorna. Embora pudéssemos contar cerca de seis mesas, havia apenas dois funcionários. Um deles, quieto, olhando pela janela, ao ser requisitado pela moça do Departamento Pessoal, apenas apontou para o outro sindicalista, sentado a uma mesa mais afastada, ensimesmado no que depois entendemos se tratar de surdez. Se o primeiro parecia um Bartleby tropical em sua recusa a nos atender, o segundo parecia pouco propenso a continuar vivo até que carimbasse tudo o que deveria: A. observou que ele poderia ter um treco e cair duro no chão em um gesto que não homologaria nossas carteiras de trabalho, o que talvez nos deixasse num limbo de quase desempregados. Se, num primeiro momento, diante do vazio do lugar, me ocorreu pedir emprego ali, na segunda tentativa da moça do Departamento Pessoal em se fazer entender pelo senhor idoso, tive certeza de desistir.

Saímos do sindicato ainda mais desempregados do que quando acordamos no dia anterior, com as recomendações, outra vez suaves, da moça do Departamento Pessoal a respeito das etapas seguintes. Seguimos juntos até o metrô, silenciosos, chutando pedrinha, e, porque eram três da tarde, nos sentamos nos bancos preferenciais, não que os outros estivessem ocupados, mas porque nos julgávamos repletos de necessidades especiais. Tomamos o segundo porre da demissão e, quando cheguei em casa, pombas, tropecei numa das caixas de papelão largadas no meio da sala. Escrevi outro post-it mental, que obviamente morreu afogado em meio à cerveja que inundava meu cérebro, e dormi de roupa, com a convicção de que no dia seguinte criaria um grupo de WhatsApp com A. e B. para debater a questão das caixas.

O que ter na mesa em tempos de demissão sumária

Lenços de papel, calendário de mesa, remédio de nariz, colírio lubrificante, hidratante labial, creme com ureia para as mãos, filtro solar porque a tela do computador também mancha a pele, como diz a sua dermatologista, conta de luz, conta de gás, carnê do IPTU, cartão da loja popular, cartão do metrô, bilhete único, carregador de celular, fones de ouvido, vasinho com minicacto, vasinho com suculentas, vaso com lírio da paz já ressecado, post-its, bichinho de pelúcia, bonequinho *manekineko* com o braço balançando, terço benzido pelo padre na primeira comunhão do primo, foto do sobrinho recém-nascido, foto do sobrinho com um ano, foto do sobrinho com dois dentes, foto do sobrinho com três anos, foto do sobrinho no campeonato de judô, cristal que foi presente da fisioterapeuta zen e que provavelmente já teve toda a energia sugada, incenso que nunca poderia ser aceso na clausura da firma, óleo essencial de citronela porque a dengue também pode estar em ambientes corporativos, lixa de unha, vidro de acetona pela metade, chumaços de algodão ao redor, diploma do curso de inglês nos Estados Unidos, diploma do curso de espanhol da esquina, diploma da pós-graduação on-line, miniatura da Torre Eiffel, miniatura da Estátua da Liberdade, miniatura das cabines de telefone de Londres, foto da Floresta Amazônica arrancada de uma revista pra te inspirar quando forem 20h e você ainda tiver carga horária a cumprir, figa, fitinha do Senhor do Bonfim amarrada numa garrafinha com barco dentro, garrafinha com desenho de paisagem em areia, olho grego pendurado na quina do porta-retratos com foto do pôr do sol na Bahia, medalha de Nossa Senhora de Fátima pendurada na quina do porta-retratos com foto do pôr do sol do Arpoador, filipeta de Santo Expedito, dois brigadeiros para comer à tarde, um pote com paçoquinhas para comer todos os dias, um pote com sachês de chá, um pote com cápsulas de café, uma caneca com borra de café que diz que seu futuro é incerto, uma caneca com um sachê de chá de camomila ressecado (que não te apaziguou) grudado no fundo, um par de sapatos de salto alto porque você planejava sair para jantar naquele restaurante bacana que abriu no caminho para casa, um cabide onde estava pendurado o vestido que você trocou no banheiro da firma na sexta--feira porque foi direto para uma festa, a camisa estampada e a calça preta que você usava antes de colocar o tal vestido, barrinhas de cereal cheias de milho e trigo transgênicos, uma caixa daquele chocolate pequenino com biscoito cujo nome te obriga a repetir, chicletes, um copo de mate pela metade, uma lata de refrigerante com canudo meio comido na borda, caixinha com castanhas, primeiro troféu da natação do filho, segundo troféu da natação do filho, três bichinhos que ganharam algum status ao serem classificados como *toy art*, três revistas com páginas marcadas em reportagens que você não leu, cinco matérias de jornal recortadas que você achou que poderiam ser boas, um texto de quatro páginas da revista americana descolada que você decidiu imprimir para ler no metrô e que nunca saiu do escritório, uma cartela de paracetamol, uma cartela de remédio pra cólica, uma cartela de vitamina C efervescente porque toda semana tem alguém doente espalhando germes pelo ambiente, uma cartela de Engov porque ninguém é de ferro, uma embalagem aberta de adesivos anti- -inflamatórios porque todo trabalhador alocado em baias sofre de dores musculares, um spray de cânfora para os mesmos fins que empesteia o ambiente e que já foi motivo de chamada no DP, balas de gengibre, fora todo o material de escritório que quase ninguém mais usa porque faz tudo no computador — canetas, lápis, canetas marca- -texto, régua, grampeador, grampos, tirador de grampos, durex, tesoura, lapiseira, grafite para lapiseira, clipes —, bolinha macia para apertar em momentos de tensão, cartões de visita com erros de ortografia, cartões de visita revisados, grampos de cabelo, isqueiro, maço de cigarros que você fuma quando desce escondido com a desculpa de que vai na farmácia, garrafinha de água, copo, uma pilha de livros que você acha que vai avaliar, duas pastas suspensas que jamais voltarão para o arquivo, óculos, o *escravocard* que exibe uma foto que revela todo seu entusiasmo de anos antes, esqueça tudo isso, não vai caber nas duas caixas que vão te dar para acomodar anos de dedicação à empresa. Você precisa de apenas três itens sobre a mesa em tempos de demissão sumária: um maiô, uma droga e o telefone de um bom psiquiatra.

Amor e tosse
não dá pra esconder

A., B. e eu combinamos de cumprir a ida ao Ministério do Trabalho juntos. Diferentemente do sindicato da categoria, não precisávamos mais da moça do DP, portanto podíamos escolher dia e horário. Eu continuava acordando espontaneamente às 7h30 e ainda não tinha contado para os meus pais sobre a demissão. Fazia pouco eu tinha lido um romance holandês cujo protagonista é um editor que foi demitido e que decide omitir a informação da família. Todos os dias de manhã ele vai até Schiphol, o aeroporto internacional de

Amsterdã, e passa a tarde por lá, acenando para ninguém. Antes de adotar essa nova rotina, as horas dos dias que não passavam o angustiavam: "(...) a liberdade durava muito." Não era uma má ideia. O Só Pra Contrariar já havia cantado essa agonia em pagode, e, embora eles o fizessem pelo viés amoroso, nada me tirava da cabeça que na verdade eles estavam falando de desemprego.

Mesmo que depois da ida ao Ministério do Trabalho ainda tivéssemos de encarar a Caixa Econômica, a perspectiva do fim dos protocolos burocráticos se insinuava em nossas conversas. A nossa categoria, você sabe, é a crise, tinha sido dizimada pela recessão, e notícias de outras demissões de empresas do mesmo segmento chegavam por via de notas nas *newsletters* especializadas, que também assinávamos no e-mail pessoal. Uma recolocação na área, portanto, não parecia ser algo próximo, visto que o mercado estava desovando gente na fila do FGTS com grande eficácia. Tratamos de aproveitar ao máximo esses dias em que tínhamos um norte, almoçando juntos antes de encararmos as filas, e bebendo juntos depois de riscar mais um post-it de nossas mentes. Em breve, o corpo entenderia que poderia despertar mais tarde e inventar outra rotina, enquanto na cabeça aquela música tocasse em looping: "O que é que eu vou fazer com essa tal liberdade, se estou na solidão pensando em você?"

*

Na sétima ou oitava manhã de ressaca antes das oito, tirei do alto do armário um engradado de plástico que guardava restos de tinta, forrei uma pequena parte do piso da sala com jornal e, entre um espirro e outro, cobri os logotipos das caixas da empresa que continuavam intocadas no meio do caminho.

Tomei fôlego e escrevi um e-mail para o bunda do meu ex-namorado contando que tinha sido demitida, dando todos os detalhes que, uma vez transformados em narrativa, assemelhavam-se a um filme de terror, ao que ele me respondeu, no dia seguinte, no melhor estilo autoajuda, lamentando verdadeiramente o ocorrido e enfatizando que, quando uma porta se fecha, uma janela se abre, e dizendo que eu era jovem e tinha uma carreira promissora pela frente e que tinha certeza de que coisas maravilhosas estavam à minha espera — não ele, evidentemente — e se despedia sugerindo que eu escrevesse para fulano e beltrano, quem sabe, e li tudo aquilo enquanto esfregava os resquícios da tinta que não saía tão facilmente dos meus dedos, e me pareceu que já não era mais possível conversar com alguém que nunca tinha sido demitido, pior, que não tinha respondido que me amava e que compraria uma passagem e que entraria no primeiro avião e que ficaria comigo para todo o sempre, o que resolveria qualquer problema.

Então, já que estava imbuída do espírito, e porque as notícias corriam, telefonei para a minha irmã, depois para a minha mãe, depois para o meu pai, e contei para eles que tinha sido demitida, vocês sabem, é a crise, e, antes que eu pudesse explicar como tudo tinha se dado, os três estavam na minha casa, olhando as caixas de papelão com tarjas de tinta roxa pintadas sobre logotipos ainda aparentes. Fui estoica em meu papel, revelei planos mirabolantes que finalmente poderia botar em prática, já que agora dispunha de tempo, e, diante das reações deles, escancarei meu novo status nas redes sociais, que logo se encheram de mensagens solidárias e reiterações de que janelas se abririam, e telefonei para os amigos mais próximos e depois de almoçar, jantar, almoçar, jantar, almoçar e jantar com a família etc., e contar várias vezes a mesma história, inclusive a do rompimento com o bunda do meu ex-namorado que habitava ou-tro país, foi um alívio rever A. e B. no ambiente inóspito do Ministério do Trabalho, cada um com sua pasta de documentos e papéis e relatos parecidos com os meus.

Vem pra Caixa você também

Fomos ao Ministério do Trabalho como quem vai acampar, com mantimentos que garantiriam nossa permanência ali pelo tempo que fosse necessário. Em nossa fantasia, vivíamos algo análogo à crise de 1929, com o agravante de que a nossa turbulência vinha cercada de redes sociais que se encarregavam de propagar o pessimismo e/ou a felicidade alheia, escolha o que é pior. A primeira visão do local confirmou nossas suspeitas de que havia uma quantidade considerável de gente na mesma situação que nós, não que tivéssemos parâmetros anteriores para comparar. Procuramos uma daquelas máquinas que cospem senhas de atendimento e, embora todos ali tivessem necessidades especiais, fomos informados de que a espera obedecia às cinco ou seis fileiras de cadeiras ocupadas por demitidos de sabe-se lá quantas empresas. À medida que as pessoas eram atendidas, cabia às demais pularem para o assento ao lado, mantendo o ritmo de um estranho jogo de dança das cadeiras.

A ida ao Ministério do Trabalho tinha como objetivos conseguir a autorização para retirada do FGTS e dar entrada no pedido de seguro-desemprego, a ser pago em cinco parcelas pela Caixa Econômica Federal, durante os cinco meses seguintes, a toda aquela população livre. A considerar os prognósticos econômicos sombrios que pairavam sobre nós, me perguntei de onde o Ministério do Trabalho tiraria dinheiro para a horda de gente que ainda apareceria por ali, o que, felizmente, não era problema meu. Os analistas mais otimistas falavam em dois a três anos para uma recuperação significativa e um consequente crescimento econômico. Nem mesmo o FGTS gordinho que nos esperava, depois de anos azuiando naquela firma acarpetada, nos garantiria tranquilidade para muito tempo, mesmo que fosse bem aplicado em rendimentos.

Uma vez atendidos e de posse do necessário para realizar o saque do Fundo de Garantia por

Tempo de Serviço — falávamos o termo completo em vez da sigla, já que tínhamos tempo sobrando —, poderíamos, também, solicitar o Cartão Cidadão em qualquer agência da Caixa, com o qual faríamos os saques das cinco parcelas que nos cabiam. Era curioso que tivéssemos deixado para trás o *escravocard* e estivéssemos a uma fileira de cadeiras de dar início ao nosso empoderamento como demitidos. Ficávamos cada vez mais desempregados, assim como a perspectiva do ócio total se tornava cada vez mais palpável. Uma separação nas funções burocráticas também se insinuava, uma vez que B. morava a uma quadra de distância da minha casa, enquanto A. habitava outro bairro. Solicitamos nossos Cartões Cidadão na filial ao lado do Ministério do Trabalho, e depois que eles chegassem a nossas residências passaríamos a frequentar agências distintas disto que a publicidade afirma ser "mais que um banco".

*

Minha mãe sempre conta sobre quando Fernando Collor de Mello confiscou o dinheiro dos cidadãos brasileiros, e de como ela e os vizinhos passavam o dia inteiro na praia; de como um deles, atordoado, pegou todo o dinheiro que tinha em casa e comprou um aparelho de televisão, só para despertar a ira da mulher, é claro, aquilo era uma insanidade num cenário já pouco saudável. Eu era uma criança alheia a tudo, e fui assaltada por essa lembrança naquela tarde em que, ao lado de B., entrei na agência da Caixa Econômica para finalmente sacar o meu FGTS. É a crise, você sabe, "e se a presidenta decide confiscar nosso dinheiro também?", eu me desesperei com ele, que estremeceu só de pensar, e qualquer possibilidade de uma conversa amena se desfez.

O cenário da Caixa era o mesmo de sempre, todo aquele povo na fila, crianças barulhentas com coriza que se recusavam a colaborar para a paz local, pessoas confusas dirigindo perguntas confusas a atendentes bocejantes, pessoas comunicativas querendo puxar assunto, pessoas sonolentas cujas cabeças pendiam para a frente, cabeças que pendiam para a frente para quase se afundarem nos visores de seus celulares, e B. e eu, tensos, imaginando que ao botarmos nossos pés pra fora do banco receberíamos notícias desarvoradas de todas as pessoas que conhecíamos comentando o absurdo que era a presidenta confiscar nossos dinheiros, que tínhamos voltado aos anos 1990 etc., e meu fluxo de pensamento só foi interrompido pela voz de uma criança que começou a se destacar: ela pulava e gritava que não queria permanecer naquele lugar tão chato. Era chato mesmo, e me dei conta de que já estávamos ali há cerca de uma hora, perdendo a sensibilidade dos pés.

Muito depois da primeira hora, fui chamada a um dos caixas, logo B. também seguiu o mesmo caminho, e entreguei ao atendente toda a papelada, que ele conferiu, carimbou etc., e iniciou a operação, que logo foi interrompida devido a um erro. Senti minhas pernas fraquejarem, o que poderia ser só excesso de tempo sem ingerir alimentos, visto que eu estava ali há sei lá quantas horas, e perguntei "Como?", e a voz dele foi ficando distante como a da moça do Departamento Pessoal enquanto explicava que não era nada pessoal, e a conclusão era de que havia algum dado incorreto no meu cadastro e que eu teria de falar com o fulano, de outro setor, mas como já eram 15h57 eu teria de voltar no dia seguinte, e me agarrei ao balcão para não cair. B. veio em meu socorro, já devidamente — e temporariamente — milionário com seu FGTS transferido pra sua conta em outro banco. Ele me enfiou dentro de um táxi, me deixou na porta de casa e disse que poderia me fazer companhia no dia seguinte, ao que eu agradeci, mas achei injusto, e peguei o livro mais volumoso que eu tinha em casa, um do Bolaño, e antes das dez eu já estava, outra vez, na fila da Caixa Econômica Federal.

Depois de cerca de cinquenta minutos de espera, expliquei para o atendente tudo o que havia ocorrido no dia anterior, e ele me encaminhou para o sujeito do outro setor, para o qual havia uma nova senha a ser retirada. Horas depois ele examinou toda a papelada, identificou o erro que me impedia de sacar o FGTS e disse que, para corrigi-lo, eu deveria ir a, e o interrompi bruscamente, dizendo que não iria a lugar nenhum, que se era a própria Caixa que gerava o cadastro então que a própria Caixa que resolvesse a situação, e que se não me enganava eu estava, justamente, numa agência da Caixa, e disse tudo isso com a calma de quem já sobreviveu a 35 verões e alguns carnavais no Rio de Janeiro, abri o livro do Bolaño na página 77 e o olhei por cima dos óculos, que rapidamente abaixei pra que tudo parecesse mais dramático. Aquele homem certamente se apiedou de mim, porque meia hora depois estava tudo resolvido e o FGTS estava devidamente transferido para a minha conta do outro banco, onde permaneceria por um bom tempo, a menos que a presidenta resolvesse roubá-lo.

Uma vez de posse de minha pequena fortuna, busquei B. em casa e convocamos A., também rica, para comemorarmos na praia. B. havia feito uma bela curadoria de cervejas artesanais para a ocasião. A. chegou um pouco depois e, ao avistar o acervo, vaticinou o que seria nosso lema dali por diante: "Nada como ser demitido com as pessoas certas!" Naquela tarde, o mundo era nosso, e aplaudimos o pôr do sol efusivamente, sem desconfiar de que dias sombrios nos aguardavam.

A ociosidade é mãe
de todos os vícios

O primeiro baque foi quando A. anunciou que passaria uma temporada fora. Ela havia ganhado uma bolsa de criação literária e se mudaria com o marido dentro de algumas semanas para Portugal, onde já haviam morado, e para onde sonhavam em voltar. A demissão começava a apresentar seu lado generoso para alguns.

Não pude disfarçar certa frustração. Não éramos as "pessoas certas", afinal? Não tínhamos um pacto subentendido de que enfrentaríamos a nossa crise de 29 juntos? Não tínhamos concluído que gastaríamos todo o nosso FGTS em cervejas artesanais, a serem consumidas meio quentes na praia? Que seríamos *habitués* do Arpoador, a ponto de aparecermos no suplemento dos jornais dedicados a dissecar os modismos do verão, e os modismos seríamos nós? E, afinal, como A. sacaria o seguro-desemprego nos próximos quatro meses? Bingo: A. estava se vingando da gente. Sua partida para Portugal era uma represália por termos adotado uma postura bairrista, deixando-a sacar seus direitos sozinha, em outra freguesia.

Vivíamos há semanas na praia, bebendo mate sujo de galão, expostos ao risco das bactérias do queijo coalho, subindo graus em projeção geométrica na escala de cores do bronze e talvez negando o fato de que estávamos sucumbindo ao vício do álcool, patrocinado por B. Quem nos visse entregues às areias e ao exercício constante de praguejar contra o capitalismo e os empresários, sobretudo o patrão que ficou maluco, enxergaria em nosso trio o retrato mais fiel da amizade. O que se insinuava entre os corredores do mundo azul acarpetado agora se consolidava sob os guarda-sóis adquiridos num enorme supermercado da Barra da Tijuca, numa das excursões a caminho da praia de Grumari. Tínhamos nos tornado personagens que por vezes invejamos, aquelas pessoas que vão à praia às segundas-feiras, ou às terças-feiras, ou às quartas-feiras, que antigamente eram o dia que poderia ser um copo meio cheio ou meio vazio, dependendo das atividades na firma.

Alguns amigos economistas nos aconselharam sobre fundos de investimento, possíveis aplicações seguras para nossas fortunas temporárias. Ponderamos as alternativas que nos apresentaram, consultamos os gerentes do banco, que subitamente nos telefonaram oferecendo benefícios, sem perceberem, num primeiro momento, que éramos os clientes mais duvidosos que tinham em suas carteiras. Os guarda-sóis, afinal, foram nosso primeiro investimento, depois de calcularmos os aluguéis diários que os barraqueiros cobravam. Uma conta rápida nos provou que em um mês inteiro de sol economizaríamos consideravelmente. Se por um lado esbanjávamos nas cervejas, por outro enxugávamos um dos custos. Éramos de humanas, mas tínhamos alguma ideia de como a roda girava.

Portanto, era, no mínimo, uma tremenda sacanagem que A. ganhasse a bolsa justamente agora que nossa fraternidade criava raízes rizomáticas como

as de um gengibre; que nossas peles, outrora aba-
tidas, já esperavam as futuras sessões de peeling e
laser que apagariam as manchas provocadas pelo
excesso de raios UV-A, que nos fulminavam assim
como a demissão; que nossas ressacas já eram ad-
ministradas com mergulhos restauradores e uma
sensação constante de embriaguez.

Quem não chora não mama

A primeira parcela da assistência financeira temporária para o trabalhador desempregado nos custou um dia inteiro. A boa vontade dos funcionários da Caixa era compatível com a lentidão da fila habitual da agência do nosso bairro. B. e eu, ingenuamente vestidos de bermuda e maiô, esperávamos resolver tudo até o meio-dia e seguir adiante com os planos de passar o resto da vida esturricando ao sol. Quando finalmente nossa senha piscou nas telas, o atendente disse que poderíamos ter sacado o valor nos caixas eletrônicos. Estávamos vagabundos há pouco mais de vinte dias e nossa queda de perspicácia já se fazia notar. Contudo, no meu caso, havia, claro, um erro no cadastro, e, por mais que a minha nova cor evidenciasse meu grau de demissão, a máquina se recusava a me dar dinheiro. Voltei à fila enquanto B. deu uma saidinha, já de posse de seu metal, prometendo voltar.

Cerca de três horas se passaram até que o mesmo atendente me chamasse, e, ao verificar tudo o que havia para ser verificado, verificou que, não brinca?, havia um erro no cadastro do Cartão Cidadão. Incrível, o *escravocard* nunca falhava, e o cartão dignidade nem mesmo havia começado a funcionar e já dava erro. Era fim do expediente e, para acessar a pessoa responsável por retificar o cadastro, eu precisava entrar numa nova fila. Eu não estava em condições de subornar ninguém, então fiz o que podia naquele momento: chorei. Muito. E alto. A ponto de B., que naquele instante entrava outra vez pela porta giratória, ter dado a volta completa e saído novamente do banco, temeroso de que eu o enredasse na cena dramática. Não sei se para conter os danos, ou por solidariedade genuína, o atendente chamou pelo telefone o funcionário que resolveria minha vida, e este me encaminhou para outra baia, onde me ofereceu um copo d'água, uma cadeira e uma gentileza que jamais esquecerei. Em meia hora, os dados haviam sido corrigidos e o saque do meu seguro-desemprego havia sido efetuado.

B. me esperava apoiado contra um poste na esquina. Segurava um açaí numa mão e dois bilhetes de loteria na outra: havia feito um jogo para si e outro para mim. O acordo implícito era de que, se um ganhasse, dividiria o prêmio com o outro. A Mega-Sena estava acumulada em tantos milhões que poderíamos pagar a bolsa de criação literária de A. umas duzentas vezes, o que impediria a dissolução de nosso grupo. Ou poderíamos morar numa quinta em Portugal com eles, produzir azeites ou vinhos, rejeitar nossas mesadas mensais. Quantas horas será que passaríamos na Caixa Econômica Federal para ver o prêmio ser transferido para nossas contas bancárias? Pouco importava. Ganharíamos fortunas, nos tornaríamos mecenas das artes, fundaríamos um jornal cheio de suplementos culturais e literários, viraríamos patrões, com a promessa de jamais ficarmos malucos.

Em outra vizinhança, A. também já estava de posse de seus recursos, e marcou a despedida para dali a dois dias.

A união faz a força

Acordei com mensagens de C. contando que tinha acabado de ser demitida de uma firma acarpetada. A voz trêmula que saía dos áudios do WhatsApp exprimia uma angústia que eu conhecia bem. Outras dez pessoas haviam sido dispensadas junto com ela, que naquele momento me telefonava de um café onde entrou logo após sair do escritório carregando três caixas com seus pertences. Ao fundo, eu ouvia vozes infantis, e telefonei para ela na mesma hora. O tal café recebia muitas crianças com suas mães naquele horário, e ela estava paralisada tentando inutilmente ignorar o garotinho que a chamava para construir cidades com pequenos blocos de madeira. "Saia daí imediatamente", ordenei, "entre num táxi e venha para cá."

Ela entrou na minha casa carregando suas três caixas, que temporariamente ficariam empilhadas sobre as minhas. "Por que estão com essa pintura estranha?", ela me perguntou. "Porque não queria ficar olhando para o logotipo desse miserável que me demitiu." "Você sabe que ainda dá pra ler o nome da empresa, não sabe?", ela perguntou, e felizmente começou a chorar após completar a frase. Eu ainda não queria encarar a realidade de ter que remexer aquilo. Propus a ela que fizéssemos uma troca: eu abrigaria os pertences dela e ela os meus, pelo tempo que julgássemos conveniente, até que estivéssemos prontas para desfazer a troca e darmos algum fim àquele conteúdo. Como ela não interrompia o choro, ofereci um abraço e uma cerveja, que foram prontamente aceitos. Passamos a tarde conversando, cozinhei para nós duas, e aos poucos C. restabeleceu a calma. No dia seguinte, ela começaria o périplo pelo qual eu já tinha passado, e lhe dei de presente o livro do Bolaño, que julguei que lhe seria útil, como foi para mim. Ela agradeceu, já enrolando um pouco a língua, e foi embora sabendo que não estava sozinha no mundo do desemprego. Pelo contrário.

Ao fechar a porta do meu apartamento, tive um flashback do dia D e fechei os olhos por alguns instantes. Ao abri-los, percebi que ela tinha esquecido de levar as caixas, o que pode ter sido proposital. Um mês depois, ela me telefonaria pedindo para dar um fim àquilo tudo, me garantia que não havia ali nada que valesse a pena guardar, e acrescentava que estava de malas prontas para passar um tempo em Lisboa e queria me encontrar para se despedir.

*

D. foi demitida de sua firma bolorenta quando usava um par de sapatos novos que lhe decepavam os dedos. Ela o havia comprado uma semana antes, pensando nas arrastadas reuniões em que, inevitavelmente, sacudia os pés em sinal de protesto e ansiedade, e pensando também na tão sonhada promoção, que se esboçava há cerca de um mês. Caíra no conto do "é de couro, vai amaciar", e, pior, caíra no conto do plano de carreira. Olhou para sua mesa cheia de objetos inúteis e reencenou uma cena típica de novela das nove em que a personagem passa o braço pela superfície lisa lançando ao chão tudo o que antes jazia ali, inerte. Quanto aos sapatos, jogou-os em uma das caixas de papelão reservadas para acumular seis anos de tranqueiras pessoais e foi embora sem olhar pra trás, calçando nada além de band-aids e esparadrapos, sua tática ineficaz de contenção de danos.

Depois de percorrer os primeiros passos obrigatórios dos demitidos, veio até minha casa com suas caixas e a palidez corporativa que estava com os minutos contados, e que era gritante até mesmo através do olho mágico da porta. Ao entrar, não foi apenas o barulho dos saltos sobre o piso que parecia incongruente: sua roupa era toda um erro de continuidade. D. se espremia em uma saia lápis preta, combinada a uma camisa de linho e um lenço estampado. Os pisantes eram da cor da bolsa, cujo tamanho não parecia suficiente para abrigar short, chinelo, camiseta, chapéu, protetor solar ou qualquer outro utensílio de férias. Logo concluí que D. já tinha encontrado um novo emprego, e que preferira me dar a notícia ao vivo, temendo que eu reagisse mal. O engano foi desfeito assim que ela percebeu meu olhar inquisidor: "Era o mais informal que eu tinha", ela disse. E me indaguei se era isso que ela usava nas chamadas *casual fridays*, o dia da semana em que os patrões que ficam malucos decidem mostrar toda sua flexibilidade em relação à indumentária, e homens podem vestir calça jeans no verão, e mulheres podem usar sapatilhas para descansar os joelhos. Ou seja, quando os patrões que ficam malucos podem dar provas semanais de sua imensa generosidade para com o outro.

Nossas vidas eram feitas de vestimentas formais, excesso de camisas sociais, sapatos fechados, e tudo indicava que eu jamais voltaria a usar certas roupas. Ao abrir meu armário para buscar peças mais condizentes para D., percebi o quanto todo aquele conteúdo encararia dias de ostracismo. A vida do desempregado sem perspectivas e oportunidades, quero dizer, a crise, você sabe, implantaria, de uma vez por todas, a ditadura dos chinelos. Aos sapatos sanguinários, D. acrescentou indumentárias que, portanto, já estavam datadas.

Ao olhar as caixas que se acumulavam em minha casa, vi uma pequena cidade, como a que o garotinho queria construir com os blocos de madeira. Aos poucos, a sala da minha casa seria tomada por caixas de outros amigos demitidos, e eu viraria uma espécie de guru, aquela a quem eles recorriam para os primeiros socorros.

Quem corre por gosto
não se cansa

Em um ensaio do ano de 1927, a escritora Virginia Woolf relatava a alegria de um passeio pelas ruas de Londres à "hora crepuscular". Ela ressaltava que o bater pernas deveria ser feito no inverno, período no qual "o brilho achampanhado do ar e a sociabilidade das ruas são por demais agradáveis", ao contrário dos dias de verão, que pediam a versão inglesa da dupla sombra e água fresca, em que a água fresca é substituída pela solidão e pelo "ar suave que vem dos campos de feno". Dois anos antes, Woolf havia escrito *Mrs. Dalloway*, romance no qual a protagonista, Clarissa Dalloway, sai para caminhar por Londres numa manhã de bom tempo, a fim de tomar providências para a recepção que faria à noite em casa. A festa é bem-sucedida, o que nos faz concluir que, para Virginia Woolf, ambos os cenários — tarde/inverno, manhã/tempo bom — são ideais para passeios pedestres.

No ensaio, a *flânerie* se dá com a singela desculpa da compra de um lápis. Clarissa, entre outras coisas, está atrás de flores. O mesmo não ocorre, porém, nos anos 2010, quando já ninguém compra lápis, tampouco no calor ininterrupto do Rio de Janeiro, que faria murchar flores secas. Eis, portanto, mais uma lição importante para sua vida de demitido: evite ser despachado no verão. Em resumo, evite ser despachado no Brasil, ou em qualquer outro clima tropical. Poder sair de casa nesse período será crucial quando a depressão das cinco da tarde o acometer.

É a faixa de horário mais infeliz dos míopes: a depressão do demitido começa por volta das 4h30 da tarde e se estende até umas sete da noite. Abarca o período que outrora era dedicado a ver vídeos no YouTube, seguido do terceiro café, para então encarar, no mínimo, uma hora de trânsito de volta para casa. Talvez seja a solidão súbita de não ter mais companhia para aqueles momentos em que pandas fazendo gracinhas pareciam imprescindíveis, ou talvez seja o tédio depois de um dia inteiro à deriva, mas desconfio que a causa dessa melancolia angustiada e pontual seja realmente a dificuldade de enxergar — as coisas e um futuro.

Impossibilitados que estávamos de seguir os passos de Clarissa Dalloway, ou simplesmente de irmos a Londres comprar um lápis, convidei B. para um passeio no Jardim Botânico, para o qual dispomos de um passe anual comprado meses antes, em tempos de abundância e que, claro, nunca havia sido utilizado devido aos horários que não nos permitiam explorar os mapas de floração recebidos semanalmente em nossos e-mails. Fizemos uma pausa na padaria da esquina, a fim de comprar um lápis, quero dizer, um sorvete. E adentramos o jardim uma hora antes da depressão se fazer notar, estratégia que adotamos para não perceber a passagem do tempo, e assim ter uma ideia mais real do fator psicológico do relógio em nossa disposição, e porque o expediente no local se encerra às cinco horas.

Passada a entrada, caminhamos procurando as flores indicadas no mapa daquela semana. O cenário de verdes, plantas, crianças, aves e tudo o mais que se apresentava naquele recanto de serenidade deveria ser um bálsamo para nossas mentes angustiadas. No entanto, demoramos para nos sentirmos à vontade nas aleias de palmeiras reais, ou no orquidário com suas cores e formatos exóticos. Tínhamos imaginado um jardim onde pudéssemos nos refestelar em cadeiras e livros, mas não contávamos com bancos desconfortáveis e nada convidativos, tampouco com a quantidade de pedidos de fotos, informações e repelente. Ainda que nossa primeira incursão não tivesse sido bem-sucedida, B. e eu decidimos que passaríamos as próximas tardes por ali, aumentando consideravelmente os riscos de contrairmos dengue, zika ou chikungunya.

*

"Você conhece o caminho da Mata Atlântica?", B. me perguntou, numa outra tarde, e subimos para que eu fosse introduzida ao trajeto cheio de jaqueiras, descritas por ele como uma praga. "Tipo os saguis?", mas ele não sabia a procedência dos saguis, e eu tampouco tinha a história em dia, de modo que seguimos, silenciosos, até descermos perto de um ipê. B. parecia mais cabisbaixo que nos últimos dias, então emendei assuntos aleatórios e observações sem graça sobre tudo o que nos cercava, minha tentativa de dissipar o bode. Andamos sem muita direção, e fiz também comentários debochados sobre as grávidas que registravam seus barrigões em poses duvidosas ao redor do chafariz ou recostadas em troncos de árvores, mas B. parecia habitar outra dimensão à qual o passe anual da associação de amigos do JB não dava acesso.

Fomos em direção aos bancos de Clarice Lispector, e a essa altura eu intuía que o silêncio escondia algo prestes a se revelar. Ali naquele reduto literário, B. me contou que, assim como A., havia conseguido uma bolsa para estudar fora, e que partiria dentro de algumas semanas. Minha primeira reação foi perguntar a ele desde quando ocultava a informação. "Desde o caminho da Mata Atlântica", ele falou, querendo dizer que planejava me contar da viagem desde que nos encontramos no portão de entrada do Jardim Botânico.

É claro que eu ficava feliz, e emendei um "parabéns" a um "que bom" desajeitado e sem exclamações. É claro, também, que eu ficava triste, pombas, A. já tinha ido embora, B. era o próximo, e, refletindo sobre tudo isso, estava na cara que o bunda do meu ex-namorado é quem tinha deflagrado a onda de deserção. Respirei fundo e disfarcei o pânico que crescia dentro de mim, já imaginando A. e o marido vizinhos de B. em ladeiras e comboios, tornando-se também amigos de C., que ia para o mesmo destino, e perguntei a ele se a bolsa era mesmo de estudos ou se o governo de Portugal estava pagando para as pessoas irem para lá, e ele ficou surpreso que eu tivesse adivinhado seu local de destino antes mesmo de me revelar.

Quando nos levantamos para ir embora, prestei atenção à frase da Clarice em que nos encostávamos: "Sentada ali num banco a gente não faz nada: fica apenas sentada deixando o mundo ser."

Nas semanas que antecederam sua partida, B. me escrevia diariamente pedindo números para as nossas apostas coletivas na Mega-Sena, acumulada em 50 milhões. Eu enviava os palpites e passávamos as tardes no WhatsApp dividindo nossos planos mirabolantes; eu no Jardim Botânico ou na praia, ele tomando as últimas providências para a viagem. Numa dessas vezes em que ele foi jogar, alertei-o para não se viciar. "Meu vício é sonhar", ele respondeu. E desconfiei de que talvez o meu também fosse.

Sonhar não custa nada

Naquela noite tive o primeiro de muitos pesadelos em que eu voltava a trabalhar na empresa do patrão que ficou maluco. Minha mesa com todos os meus pertences estava intocada, e eu me sentava na mesma cadeira azul barata como se nada tivesse acontecido. Batia à porta do meu ex-chefe, que me recebia como se não me visse desde a véspera. Até que em algum momento eu percebia que não precisava ficar ali esperando dar a hora de voltar pra casa, e percorria os corredores acarpetados à procura de A. e B., que pareciam felizes e alheios às minhas súplicas para irmos embora, para os meus argumentos de que não precisávamos cumprir a carga horária. Ao contrário de mim, nesses sonhos A. e B. não percebiam que estavam livres da prisão do *escravocard*, e eu saía pela porta da firma carregada de caixas e de incompreensão. Eles ficavam para trás em suas baias, e eu acordava assustada.

Depois de três ou quatro variações do mesmo enredo, entendi o sonho como um aviso de que dali por diante eu teria de lutar contra os demônios sem A. e B., que já deviam estar sonhando em outros sotaques e línguas. Entendi, também, que talvez eu estivesse mais apegada a eles que eles a mim, que possivelmente a demissão tinha desencadeado um processo de carência extrema. Eu me afeiçoara a ambos de tal forma que me sentia unida a eles como presidiários que construíram estradas, atados aos pés uns dos outros por correntes e bolas de ferro. O senso de identificação provocado pela demissão me redimia do eterno senso de inadequação da adolescência.

Em uma dessas madrugadas de sobressaltos oníricos, tomei coragem e enfrentei as caixas que atravancavam o *feng shui* de casa. Munida de um estilete e de uma cartela de anti-histamínico, abri a primeira. No topo da pilha de livros e papéis diversos, encontrei uma folha A4 que trazia um

poema curto. Era típico do bunda do meu ex-
-namorado, algo que eu adorava: ele enfiava páginas
com poemas ou trechos de músicas na minha bolsa
sem que eu percebesse, e encontrá-los, muitas vezes em tardes enfadonhas, era uma alegria. Neste
momento percebi que, antes de chafurdar no ácaro
do corporativismo, eu precisava acrescentar uma
caixa à pilha, que reuniria o espólio afetivo:
uma escova de dentes, um par de meias, um casaco
azul-marinho, um boné, dois ou três livros, uma
caneta-tinteiro vermelha. O inventário do nosso
amor era bem mais modesto que a tranqueira profissional. Acomodei os pertences do bunda do meu
ex-namorado naquela mesma caixa onde estava o
poema que falava de ipês, e que li em voz baixa,
emendando, em estilo livre: meu nome é J., estou
demitida, e só por hoje gostaria de me deprimir
um pouco.

Quem espera sempre alcança

O país falava em depor a presidenta; parte da população se apavorava com a conversa de que a oposição, ao tomar o poder, acabaria com todas as conquistas sociais e direitos trabalhistas; as redes sociais se enchiam de textões, opiniões, análises críticas e um bipartidarismo tolo que a mim só confirmava que o desemprego aumentava diariamente, que as pessoas buscavam se ocupar com cada polêmica e pautas nacionais e internacionais todos os dias. Nunca antes na história deste país eu me importei menos com tudo o que me rodeava. Eu só queria ter uma noite sem sonhos, e um remédio que me deixasse demente.

Além dos pesadelos relacionados ao desemprego profissional, comecei também a acordar de sonos intranquilos ligados ao desemprego amoroso. A verdade é que a situação trabalhista se sobrepôs à afetiva, até que das trevas do funeral simbólico e precoce do bunda do meu ex-namorado surgiu uma saudade dilacerante, piorada pelo fato de que o casaco azul-marinho era agora meu uniforme diário, e que eu não queria ver ninguém além dele. Eu dizia a todos, família e amigos, que estava escrevendo um livro, o que justificava o sumiço e apaziguava as preocupações. Mas na prática eu estava reduzindo minha expectativa de vida: acordava nervosa na madrugada, me alimentava de sorvete e refrigerante e passava tardes inteiras assistindo a *reality shows* ruins (o que talvez seja um pleonasmo), tomando xícaras de café soterradas de açúcar e aspirando o casaco azul-marinho do bunda do meu ex-namorado, como se pudesse extrair dali algum cheiro, como se extrair dali algum cheiro pudesse me dar um norte.

Em dias melhores, eu saía de manhã para dar uma volta no Jardim Botânico, mas o caso é que, desde que passei a frequentar o local sem a companhia de B., eu fazia um esforço enorme para gostar do lugar como as pessoas acham que eu deveria. Ou poderia. O desfile de poses e as inúmeras fotos que fiz de transeuntes que solicitavam minha ajuda para serem eternizados na aleia das palmeiras imperiais também não ajudavam. Tampouco os casais ou as grávidas que circulavam, pelo mesmo motivo, pelo roseiral: eu olhava para eles e invejava aquela felicidade, desejava ser também alguém com direito a licença-maternidade, chá de fraldas, lembrancinhas com as iniciais do rebento sobre docinhos revestidos por pasta comestível.

Em dias piores, eu reunia ao alcance de um braço esticado o essencial para a subsistência: água, chocolates, o controle da TV e o notebook. Checava o e-mail a cada dez minutos. O bunda do meu ex-namorado respondia às minhas mensagens sem esconder o entusiasmo decrescente. Eu voltava às séries para me anestesiar.

Por um lado, eu dizia a mim mesma que aquilo não era saudável. Por outro, me convencia de que emburacar era o esperado. Qualquer pessoa que tivesse perdido um trabalho e um amor num intervalo de dois dias tinha o direito, senão o dever, de passar dias inteiros com o casaco do ex, trancada no ar--condicionado, cracuda por uma série em que drag queens dublavam músicas da Cher, enquanto fotos do bunda do meu ex-namorado sorrindo ao lado da nova mulher pipocavam na internet.

Em momentos eu via os personagens dos *reality shows* como modelos de superação, e traçava planos de recuperação que começavam por cozinhar uma refeição saudável para o almoço só para, em seguida, abrir um pacote de macarrão que logo era descartado e substituído por três rodelas de biscoitos e por um choro toda vez que eu olhava para o fogão e via o ex, de cueca, fazendo tapiocas para o café da manhã, murmurando uma música. A vida dele seguia, indiferente, como se eu não o amasse.

Nesse período, pensei em me mudar para a casa da minha mãe, do meu pai, da minha avó ou do meu vizinho que cantava mantras três vezes por dia, sob chuva ou sol. Eu precisava de alguém que garantisse a minha sobrevivência, me alimentasse com comidas de verdade, me levasse para tomar banhos de sol — nem à praia eu ia mais. Todavia continuei por dias no sofá, como no banco de Clarice, esperando alguma coisa que eu nem sabia o que era.

É irônico pensar que parte do meu banco de horas deficitário computado no *escravocard* de outrora se devia às entregas de eletrodomésticos quando me mudei da casa da minha mãe para morar sozinha. Essas horas de trabalho jamais seriam repostas, e justamente agora eu tinha todo o tempo do mundo para ficar em casa, de prontidão para o que batesse à minha porta. Cogitei comprar geladeira, fogão, máquina de lavar outra vez, só para ter o prazer de esperar por algo concreto. Cogitei, também, criar um aplicativo através do qual ofereceria meus serviços de *personal esperator*: eu me disponibilizaria a ficar na casa de terceiros, num raio de x quilômetros, esperando entregas diversas — móveis, eletrônicos, cestas orgânicas, até mesmo o jornal.

Na história cultural da espera, nenhuma expectativa foi tão frustrada quanto as de Estragon e Vladimir, que desde 1949, e para todo o sempre, esperam, inutilmente, Godot. Eu me identificava mais com Marina, a cantora, que desde 1991 espera *acontecimentos*. Se por um lado soa abstrato, por outro a decepção é menor, basta relativizar os acontecimentos, ou a ausência deles. A imobilidade na qual me encontrava tinha um quê de Buñuel também, como se uma força oculta me impedisse de sair de casa.

Comecei a vislumbrar uma espécie de Waze para humanos, um aplicativo que daria as direções básicas pra quem precisa de resgate: a depressão das cinco da tarde se alastrava por todas as horas. O Waze para humanos seria uma espécie de avó digital, no fim das contas, algo que te alimenta além da conta, que te faz ficar "coradinho" e que te acolhe na medida certa.

Em meio a tais devaneios, percebi que a data de pagamento da Caixa já tinha passado e então, como se o encanto do sofá tivesse se quebrado, caminhei até o chuveiro, e até o banco, num calor inclemente, olhando meus braços já outra vez desbotados, carregando água, biscoitos e o livro do Bolaño.

O seguro morreu de velho

Inseri o Cartão Cidadão na máquina, digitei a senha e o caixa eletrônico me respondeu com uma mensagem em letras garrafais: parcela não disponível. Suspirei e fui como gado para o abate esperar a minha vez de ser atendida, não importava que senha eu pegasse, ela seria sempre a última. Horas depois, o atendente verificou o que poderia ser verificável, inseriu o cartão em sua máquina, pediu que eu digitasse a senha e tudo parecia correto. Ele recomendou, com aquela gentileza das 3h45 da tarde, que eu me encaminhasse até a baia X, aquela onde eu já havia estado uma vez, na qual habitava o funcionário que, com sorte, água, cadeira e um cargo mais alto na hierarquia, poderia resolver o meu problema. Talvez o atendente fosse o mesmo também, pois ele me encaminhou ao colega sem nem cogitar nova senha, fila ou fim do expediente.

O sujeito outra vez conferiu o que podia e mencionou um atraso geral nos pagamentos das parcelas do seguro-desemprego. Você sabe, é a crise, e antes que ele repetisse todo o discurso da moça do DP e me demitisse de novo, não que fosse possível, eu agradeci o tempo dele e me retirei da agência, sabendo que voltaria no dia seguinte, e no outro, até que comecei a tentar agências em outros bairros, até que conferi com os demais demitidos, com quem eu mantinha um contato protocolar em que também fingia estar correndo atrás de emprego e frilas, e todos tinham feito seus saques dias antes, até que, na sexta ou sétima tentativa a mocinha que fazia a triagem de senhas na agência do bairro vizinho me aconselhou a telefonar para o Ministério do Trabalho, o que fiz tão logo me vi segura no sofá de casa.

"Chamada originada de telefone fixo será gratuita. Chamada originada de telefone móvel será cobrada do usuário. Se não concordar com a cobrança, desligue imediatamente", dizia a saudação do

Ministério do Trabalho, o que achei uma baita consideração para com todos. É a crise, você sabe, motivo pelo qual eu tinha cortado meu telefone fixo há tempos. Não por muquiranagem, até porque desde a partida de A. e B. eu estava economizando sem querer, mas por intuição, decidi aceitar um dos inúmeros convites de minha mãe para almoçar, e com isso eu resolveria duas coisas: a ingestão de componentes considerados alimentos pela sociedade; e o telefonema sem custo para o Ministério do Trabalho. Minha mãe me recebeu com o típico banquete de sua casa, um que parecia restaurante a quilo, tamanha era a quantidade de coisas sobre a mesa, com a diferença de que tudo estava quentinho e delicioso. Conversamos sobre política, ou melhor, ela me informou o que se passava, eu disse que estava muito concentrada no livro e por isso não estava em dia com os noticiários. "A propósito, preciso usar seu telefone."

Enquanto minha mãe se ocupava de alguma outra coisa, informei ao atendente meus dados, expliquei que o seguro-desemprego estava atrasado, disse que entendia que o país estava em crise e que havia um esforço de corte de gastos para que não tivesse que haver demissões, era o discurso que a empresa para a qual eu trabalhava tinha adotado também, não que o país pudesse me demitir, e o rapaz me interrompeu para dizer que eu não receberia mais o seguro-desemprego, não porque ele tivesse sido cortado do orçamento da União, mas porque eu era sócia de uma empresa, sabia?, ele perguntou meio irônico, como se eu fosse laranja de alguma coisa, ao que respondi que sim, afinal eu era sócia da empresa da minha irmã, e isso, explicou ele, me tornava inelegível para receber o benefício, ao que rebati que já tinha recebido uma parte dele, como é que de repente eu tinha sido excluída, e enquanto ele lia para mim a cláusula da lei que deixava claro que eu era inelegível para o benefício, percebi que, sim, eu estava sendo demitida do seguro-desemprego.

Minha mãe me encontrou sem cor na cozinha: eu não apenas não receberia mais as demais parcelas do seguro, como também deveria restituir ao Ministério do Trabalho o que já tinha recebido e, obviamente, gastado. Eu estava demitida duplamente, desempregada, com uma dívida junto ao Ministério do Trabalho e com uma caixa de Dormonid que a minha mãe conseguia no mercado negro das farmácias.

Uma andorinha só não faz verão

Quando acordei, cinco dias depois, a minha geladeira estava repleta de refeições saborosas e balanceadas que minha mãe e minha avó tinham deixado para mim e mais uns sete amigos haviam sido demitidos, quatro deles no passaralho mais recente de um dos maiores jornais do país. Telefonei e escrevi para todos, apenas para descobrir que três já haviam embarcado para uma temporada em Portugal.

Era incrível, o mundo parecia uma narrativa do Saramago em que todos são acometidos por um mal súbito, sem aviso prévio, sem explicação, e, diante do absurdo da situação, partem para Lisboa, que já tinha mais gente conhecida que o meu próprio bairro. Se o ritmo migratório continuasse atrelado às demissões, logo o Brasil veria quedas na taxa de natalidade, nas inscrições para o Enem, no réveillon de Copacabana, na quantidade de gente na fila da Caixa Econômica Federal.

Eu pensava em toda aquela gente a subir e a descer ladeiras, sem gerúndio e com muito ovo, e vislumbrava a possibilidade de engrossar o coro. Boa parte dos amigos que escolheram se exilar na terrinha atuavam, como eu, na área "de humanas". Éramos jornalistas, escritores, editores, agentes culturais, músicos, cineastas, pesquisadores, mestrandos, doutorandos, poetas. Um caldeirão de mentes criativas, sensíveis, talentosas, bem informadas que só precisavam de oportunidades para exercer seus ofícios. Se as chances estavam em Lisboa, era para lá que eu deveria ir, onde os caminhos se abririam, onde poderíamos, juntos, fazer tudo aquilo de cuja falta reclamávamos no Rio de Janeiro, e ainda descobrir toda a tristeza do fado, que comecei a ouvir em casa, a fim de ambientar os ouvidos para uma nova vida.

Comecei a sentir certo peso, porém, não sei se proveniente da música ou das expectativas que uma mudança desse porte traria. Mesmo porque os amigos que tinham ido tentar a vida nos braços do Tejo não tinham, exatamente, planos ou objetivos, e sim um passaporte, além de uma alta dose de romantismo, e a convicção de que o importante era navegar, estar no lugar que parecia certo. Portugal era uma promessa, um sonho que anos antes ninguém sonhava, um lugar onde eu passaria férias, não a vida deprimida que eu levava e que, portanto, me condenava a falhar, falhar de novo, falhar sem gerúndio. Eu queria mesmo ir para Londres, comprar lápis em Bloomsbury. No entanto, continuava no Rio de Janeiro, acometida por uma imobilidade, com a desconfiança de que a única coisa que dava certo na cidade aqueles dias tinha a ver com pegar a rota de saída.

Manda quem pode,
obedece quem tem juízo

Eu não poderia mais viver no ritmo dos cinco dias on e off que o Dormonid me proporcionava. A cada vez que eu retomava as rédeas do cotidiano, mais gente tinha ido embora, mais políticos eram presos no país e mais eu achava que a nova mulher do bunda do meu ex-namorado estava grávida, a julgar pelas fotos em que ela aparecia cada vez mais redonda. Em um desses períodos que passei desperta, tive de encarar o desafio de encontrar os colegas do ex-trabalho, aqueles que continuaram empregados na firma, e que insistiam em querer me ver. A solidariedade, afinal, vem de todos os lados.

Marcamos num restaurante fora do perímetro imediatamente adjacente ao escritório azul. Eu tinha topado encontrá-los, mas não queria correr o risco de dar de cara com outras pessoas com as quais nunca tive afinidades, ou de quem não gostava tanto. Uma vez livre da obrigatoriedade da convivência, tomei todas as medidas de segurança que estavam a meu alcance. Havia um detalhe em jogo, também: duas ou três vezes por semana, durante os períodos em que o Dormonid agia, eu enviava aos colegas e-mails dando as coordenadas para trabalhos que eu tinha deixado incompletos. Indicava arquivos a serem descartados do computador, e dava o caminho certo para os que continham as atualizações mais recentes. Dava instruções e dicas para que eles pudessem responder a certos e-mails, alertava para determinadas interlocuções. Eu estava nessa fase em que a possibilidade de as minhas tarefas serem finalizadas por terceiros, por mais brilhantes e confiáveis que fossem, me apavorava. A solidariedade, afinal, poderia não ser exatamente o mote do encontro.

A caminho do Centro, concluí que aquilo era um erro, que nem se eu tivesse ido de biquíni, com os pés sujos de areia, para jogar na cara de todos que eu estava ótima, me sentiria minimamente bem. Eu estava me atirando aos leões, indo ao encontro de amizades de circunstância, pior, amizades assalariadas pelas quais eu agora nutria profunda inveja.

Fui recebida com sorrisos e olheiras, e logo percebi o cansaço nos rostos de todos. Abatidos, desanimados, eles me abraçaram com uma alegria genuína, me entregaram uma sacola com três ou quatro livros que julgavam que eu tivesse deixado para trás sem querer, em meio ao caos dos acontecimentos, o que era verdade, e isso foi o suficiente para eu me encher de ternura e os meus olhos se encherem de lágrimas.

Olhei para todos, com quem convivi por anos, de quem escutei histórias de sobrinhas e sobrinhos, filhas e filhos, namoradas e namorados, com quem desabafei em banheiros que quase nos sufocavam de aromatizantes artificiais, com quem escapei para cafés nos corredores. Todos perguntaram por A. e B., e me perguntaram como estavam os meus dias, as minhas noites, as minhas angústias. E confessaram as deles: desde a demissão coletiva que botou na rua cerca de 20% da empresa, eles também tinham dificuldades para dormir, assombrados pelos boatos constantes de novas demissões. O cansaço, todavia, não era apenas fruto das noites insones, mas também resultado do excedente de trabalho e tarefas que todos os sobreviventes haviam acumulado. O pior, eles diziam, era que o enxugamento de pessoal provocara um vazio espacial desolador. A cena que visualizei, com algum drama em excesso, era a de Marius Pontmercy em *Os miseráveis*, quando canta "Empty chairs at empty tables", espécie de hino aos amigos mortos nas barricadas de Paris. As cadeiras giratórias do escritório eram certamente menos nobres que as da Revolução Francesa, mas a associação não foi de todo descabida. Por alguns segundos, permanecemos em silêncio, que só foi quebrado pela chegada dos pratos.

O restante do almoço — que durou três horas a mais do que determinavam as leis trabalhistas e a moça do Departamento Pessoal — consistiu em atualizações sobre os status de relacionamentos de todos, sobre as novas gracinhas das crianças e sobre um sem-número de assuntos, e contou ainda com uma rodada de vídeos e memes internéticos sobre os quais eu estava completamente desatualizada. Nos despedimos com a promessa de novos encontros, com dicas de medicamentos indutores do sono e, de minha parte, com o alívio de saber que meus e-mails ajudavam a organizar as funções extras de todos, e prometi que enviaria, também, mensagens mais amenas, piadas e correlatos.

Ser demitido é uma merda. Mas, como dizem, há o passaralho e o ficaralho, e os meus colegas sofriam a síndrome da sobrevivência, enquanto sonhavam com uma vida mais Bartleby. Estávamos todos no mesmo barco.

Focinho de porco não é tomada

Fiz o desmame do Dormonid depois de uma manhã em que acordei com a impressão de ter escrito um e-mail indevido ao bunda do meu ex-namorado. Com uma xícara de café na mão, confirmei as suspeitas de que tinha feito a mais bela declaração de amor a ele, quiçá a um namorado, e o problema era justamente esse: ele não era mais meu namorado e, meses antes de me deixar efetivamente, já estava me deixando, subjetivamente. Ele havia me preparado tanto quanto podia para o abandono, e tinha sido coerente com sua decisão nos últimos meses em que já estava fisicamente longe, mesmo que eu já tivesse cotas extras de miserabilidade.

Tenho de admirá-lo, ele não esmoreceu. O estrago poderia ser maior se ele tivesse sucumbido aos meus apelos. Dentro de alguns meses, eu descobriria que ele e a nova mulher haviam se mudado para Lisboa, é claro, e comecei a imaginar um novo desdobramento para a síndrome de Saramago, em que todos os amigos que estavam por lá ficariam grávidos. Pelos meus cálculos, a nova mulher já estaria no sétimo mês de gestação. Eu não tinha coragem de perguntar, porque, além de não querer confirmar minhas suspeitas, não queria confessar que passava tempo demais investigando a vida dele nas redes sociais.

Em uma das minhas crises mais agudas de saudades, apelei para E., um amigo bem-sucedido que adorava me consolar me buscando em casa, vestindo um pijama assim que entrávamos em seu apartamento maravilhoso e colocando no aparelho de DVD um filme tão bobo quanto divino fosse o vinho que tomaríamos juntos, aprimorando nossa arte de xingar todos os homens idiotas que insistiam em nos deixar. Antes que eu discasse o número, meu telefone tocou, e logo ouvi sua voz, estranhamente pastosa, dizendo que precisava me encontrar urgentemente, e que, a propósito, estava a caminho da minha casa. Imediatamente visualizei

E. adentrando meu domicílio com cinco caixas a tiracolo. É a crise, você sabe, a engenharia civil é a primeira a sentir, até que ele tinha durado tempo demais. Mas ele entrou com a mochila habitual e uma lentidão que só podia ser induzida: E. estava dopado de Frontal, consumido em excessivas doses que lhe permitiram demitir sua equipe inteira. O inimigo estava diante de mim, e eu não pude fazer nada senão abraçá-lo quando, contrariando toda a química que circulava em seu corpo, ele explodiu em choro.

E. recebera a ordem dos superiores um dia antes, tempo suficiente para descolar Frontal no mesmo mercado negro em que minha mãe adquiria o Dormonid. Ele me explicava isso quando, de relance, viu caixas empilhadas na sala e perguntou "Por que estão com essa pintura estranha?" "Porque não queria ficar olhando para o logotipo desse miserável que me demitiu." "Você sabe que ainda dá pra ler o nome da empresa, não sabe?", ele perguntou, "Sei", eu disse, como ele ousava?, pensei, "Tentei me desfazer delas há um tempo, mas justo na primeira encontrei um poema do bunda do meu ex-namorado, e não pude seguir em frente", e antes que eu dissesse algo mais ele deitou a cabeça no meu colo e, num fluxo ininterrupto, contou que metade da empresa havia sido demitida naquele dia; que a "rádio peão" estava certa, afinal, o boato já rolava há semanas; que ele teve de chamar seus funcionários um a um, e ainda dois funcionários do "time" de alguém que estava de férias, e que, pior, no fim do dia ainda teve de demitir alguém que seguia trabalhando em sua mesa como se nada tivesse acontecido, alguém que tinha sido esquecido ali, e que deveria, como os outros, se encaminhar para a fila do FGTS, ou para Lisboa, eu disse, e E. concordou que havia um surto português no mundo.

Pedimos uma pizza e abrimos um vinho para o qual ele torceu o nariz, vinho "de humanas", ele dizia, aquele que vivia em promoção no supermercado, e jogou mais um comprimido de Frontal pra dentro. Passamos a noite bebendo, vendo séries duvidosas na tevê e considerando nos afiliarmos a um partido socialista, ou ao menos eu fiz isso, já que E. apagou rapidamente. No dia e nas semanas seguintes, ele me escreveria, aflito, de sua baia, com mais frequência que o habitual, e-mails cujo assunto era sempre o mesmo: "é hoje". Ele sonhava que seria demitido sem nem poder levar consigo seus pertences, o que o fez antecipar uma limpa, levando diariamente para casa — ou jogando fora — tudo o que havia acumulado em sua sala ao longo de oito anos de serviços prestados à empreiteira. E. ainda demoraria uns meses a ser demitido, e, quando finalmente aconteceu, voltou à minha casa, como da outra vez, com a mochila, cracudo de Frontal, e capotou no sofá sem dizer nada além de "até loguinho".

Antes de partir para Portugal, E. me deixaria toda sua adega de presente, e em troca eu lhe daria um livro do Bolaño, cujos exemplares enchiam outra caixa providenciada exclusivamente para este fim: presentear os amigos demitidos. Sem perceber, eu estava criando um método.

Quem morre de véspera é peru de Natal

Em 1986, a banda inglesa The Smiths lançou seu terceiro álbum, *The Queen is dead*. A segunda faixa, intitulada "Frankly Mr. Shankly", é uma espécie de carta velada de demissão da banda para a gravadora à qual estavam atrelados na época. Se analisarmos a discografia dos Smiths, a canção "Heaven knows I'm miserable now", de 1984, é entoada por um narrador que procura e encontra um trabalho, e então se deprime. Era natural, portanto, que um dia os músicos saíssem em busca de liberdade.

Cerca de uma década antes, o artista brasileiro Rubens Gerchman fundou a Escola de Artes Visuais do Parque Lage, no Rio de Janeiro. O país vivia os anos de chumbo, e a escola seria um ponto de resistência e liberdade artística, ou seja, um paradoxo da ditadura. Gerchman aceitou o cargo de direção na condição de que pudesse largá-lo a qualquer momento, e, para garantir sua tranquilidade, manteve no bolso sua carta de demissão durante os quatro anos em que trabalhou na escola.

Aparentemente, já houve, no mundo, um tempo em que as pessoas queriam se livrar de seus empregos, o que soa no mínimo absurdo em dias em que tal artefato se tornou escasso. Eram escassas, também, as armas para lidar com o vazio do desemprego, algo que a minha geração conhecia de relatos de pessoas mais velhas, dos livros de história e de uma música da Legião Urbana em que todos os amigos do narrador não tinham mais dinheiro.

Minha tentativa de sair do estado letárgico em que me encontrava envolvia organizar os acontecimentos dos últimos meses em tópicos que pudessem ser testados com novos amigos demitidos. Até ali, meu método ideal de sobrevivência a uma demissão consistia em:

1) Ser demitido, no inverno, com as pessoas certas: ainda que elas venham a abandoná-lo num futuro próximo, é importante formar um grupo de apoio inicial com pessoas que estão na mesma situação que você.

2) Encontrar um depósito para as caixas que carregam seus pertences profissionais e/ou deixá-las sob custódia de alguém que possa armazená-las até que você esteja fortalecido para chafurdar na poeira e nas lembranças.

3) Realizar as tarefas burocráticas junto aos Sindicatos e Ministérios correspondentes, em caso de vínculos empregatícios de carteira assinada, o que, a essa altura, já acenava como algo que as futuras gerações não viveriam.

4) Adotar um mecanismo de distração para encarar as filas e esperas dos procedimentos demissionais. No meu caso, o livro do Bolaño, que poderia ser substituído por outro tipo de entretenimento como palavras cruzadas, revistas, teses, jogos de celular etc.

5) Aplicar a soma do FGTS a fim de obter um bom rendimento e/ou enviá-lo para um paraíso fiscal onde o chefe de Estado brasileiro não tenha como se apropriar dele.

6) Adotar a maneira mais eficaz de anestesia social e emocional (o que inclui cogitar táticas não ortodoxas para realização plena do objetivo) para encarar: a) o crepúsculo; b) o fluxo migratório que as demissões em massa causarão.

Eu estava com problemas no item 6. Verdade seja dita: depois de levar a anestesia social e emocional ao paroxismo, fazendo uso das drogas que minha mãe me fornecia, eu me via agora em um estado de abstinência química que me deixava incapacitada para elaborar o item 7.

Foi neste cenário que o filho do bunda do meu ex--namorado nasceu, e que A. me escreveu contando que, para além da temporada da bolsa de criação literária, ela e o marido tinham decidido ficar de vez em Lisboa. Ela tinha conseguido um emprego. Eu poderia dizer que fiquei feliz por eles, e contrabalançar com o fato óbvio de que ao mesmo tempo fiquei triste também. A verdade é que fiquei confusa. Enquanto o bunda do meu ex-namorado povoava sua existência, a minha parecia um jogo de resta um.

A notícia do bebê chegou via e-mail em que ele esquecia de soar distanciado, afinal comunicava o nascimento de seu herdeiro, ou afinal não tinha de lidar com as declarações de saudades da ex-namorada demitida, deprimida e pós-drogada. Havia uma foto anexada, que nunca abri. Fiz, naquele momento, o que deveria ter feito meses antes: reconfigurei as redes sociais para não ter qualquer atualização da vida dele, e para que ele não soubesse absolutamente mais nada da minha. Não que ele se interessasse.

Aproveitei o impulso e cliquei "deixar de seguir" os perfis da firma do patrão que ficou maluco, numa segunda-feira já longe no tempo, mas ainda tão presente na dor de cotovelo. Eu precisava das garrafas divinas da adega de E., aquele puto, que também tinha ido para Portugal, esse país que definitivamente tinha fechado suas portas para mim. Eu jamais reencontraria A., nem o meu amigo engenheiro, porque isso implicava esbarrar, acidentalmente, no bunda do meu ex-namorado e seu bebê de macacão vermelho e nariz arrebitado, o que prova que, claro, abri a foto, para descobrir um neném balofinho e cabeludo, que não continha nenhum DNA meu.

Eu havia pulado as etapas de exorcismo padrão pós-rompimento de namoro, atropelada que fui pela demissão. A verdade é que eu dava mais valor à minha vida profissional mesmo, logo, o bunda do meu ex-namorado tinha suas razões, e agora parecia demasiado tarde para reconhecer quem tinha sido muito bunda o tempo inteiro. Deixei aquele homem ir embora, perpetuar a espécie em Portugal, enquanto eu passaria o resto do tempo que durasse meu FGTS entre o sofá e a praia, assistindo a programas de tevê que me alienavam e não levavam meu coração a canto algum, me arrependendo de ter tratado aquela relação como algo temporário, férias, verão. Como um emprego, que eu fatalmente iria perder.

Em tempo de guerra, urubu é frango

Quando F. adentrou minha casa com seis caixas que guardavam mais de dez anos de serviços prestados à maior editora de livros do país, abrimos o melhor vinho da adega de E. A minha sala parecia uma instalação de arte contemporânea. Depois de reconfigurar o espaço e instalá-lo confortavelmente no sofá, esperei pelo momento em que o abraçaria, estenderia o livro do Bolaño e faria um discurso inaugural de boas-vindas, já com tintas inspiracionais, a fim de testar minha vocação recém-descoberta. Para minha surpresa, porém,

F. abriu a garrafa de vinho como quem estoura champanhe, tomou um largo gole do gargalo e exclamou: "Finalmente!"

Incrédula, botei a mão em sua testa para auferir a temperatura, mas ele parecia apenas ótimo. F. começou, então, a falar como se estivesse num palanque. Contou sobre como sofreu, por meses, depois de demitir seus assistentes e outros cinco funcionários do departamento. Sobre como se viu diante de uma pilha de trabalhos que não desejava mais fazer, e como havia acumulado funções e tarefas que outros colegas exerciam. Seu discurso estava alinhado ao dos meus amigos do escritório azul, e ainda mais agravado. Com as demissões cada vez mais constantes em todos os segmentos de trabalho — indústria, comércio, serviços —, os jornais já denominavam os sobreviventes dos passaralhos como "funcionários-polvo". Os sortudos do ficaralho já não pareciam tão abençoados assim, estendendo suas já sobrecarregadas jornadas, reduzindo o tempo de almoço e fazendo manobras pouco saudáveis para executarem todas as funções e garantirem suas carteiras assinadas. Estudos que traçavam relações entre recessão e produtividade demonstravam que a segunda subia proporcionalmente à primeira, ainda que se valesse de táticas duvidosas de incentivo: se você não quer, tem quem queira.

F. agora engrossava as estatísticas. Depois de meses soterrado em manuscritos, revisões e afins, ele entendeu que não poderia continuar trabalhando para um patrão que o obrigara a dispensar profissionais maravilhosos, que o oprimia por meios diversos, um *escravocard* incluído, que o mantinha sob rédea curta, que triplicara suas atividades e que, pior, não parecia inclinado a demiti-lo também. Como numa guerra, F. pegou em armas pesadas, boicotando tudo o que estava a seu alcance, e, mesmo correndo risco de manchar sua carreira, passou a errar hifenizações, a desrespeitar o acordo ortográfico, ou seja, trabalhou arduamente para ser demitido, revertendo a produtividade que num primeiro momento havia atingido estratosferas. Era preciso se insurgir contra os patrões capitalistas, que pouco se importavam com o material humano, que produziam demitidos como quem procura best-sellers. Com as veias do pescoço infladas, o rosto vermelho e os cabelos que se desgrenhavam a cada gesto que empunhava no ar, ele parecia um militante do PSTU sob o efeito de anfetaminas. Não cabia a mim interferir. Deixei-o falar e bradar, até que fomos ambos tomados pela exaustão. F. se acomodou no sofá. No dia seguinte, finalmente incluí o item 7 do meu manual: ler Marx.

A dor ensina a gemer

F. acordou três ou quatro dias depois. Eu ainda não tinha me livrado de todos os comprimidos do mercado negro da minha mãe e estava às voltas com algumas pesquisas, basicamente dois filmes da cinemateca de E., outro acervo que ficou sob minha custódia, e que afinal já não me pareceram tão bobos.

Em *Jerry Maguire: a grande virada*, Tom Cruise pré-cientologia é demitido por Jay Mohr durante um almoço num restaurante movimentado. A tática é óbvia: o patrão quer evitar uma cena. Ao fundo, uma mesa canta "Happy birthday to you". De volta ao escritório, porém, o vexame é inevitável: Tom Cruise tenta roubar os clientes, os funcionários e, por fim, se contenta em roubar o peixe do aquário corporativo. Bridget Jones é a única a ceder aos apelos, e ambos deixam o local empunhando uma garrafa térmica. E o peixe.

Houvesse um cruzamento possível de filmes hollywoodianos, Jerry Maguire teria sido demitido por George Clooney, que em *Amor nas alturas* é contratado por diversas empresas justamente para dispensar funcionários e, ao mesmo tempo, oferecer-lhes folhetos e consultoria para uma transição menos traumática. "Estamos aqui para tornar o limbo tolerável. Para transportar almas feridas pelo rio do medo até a esperança se tornar vagamente visível. Depois os jogamos na água e os fazemos nadar", ele diz, de seu ofício, quando vê seus métodos questionados com a chegada de uma jovem profissional que deseja inovar. A menina Natalie advoga em prol de demissões mais eficazes a custos mais baixos via videoconferências. Clooney, por outro lado, é um tradicionalista que defende que não há outra forma de demitir pessoas senão cara a cara.

Entre as reações dos demitidos, há desde a resignação até perguntas como "E eu devo me sentir melhor por não ser o único?" ou "Como você dorme à noite?". Dormir, parece, é um problema da vida adulta, não importa de que lado você esteja. Demitir — ou ser demitido — segue a mesma premissa.

*

Em um dia de abril de 1983, Dave Mustaine foi acordado por James Hetfield, Lars Ulrich e Cliff Burton, seus então companheiros de banda — o Metallica —, e comunicado que não apenas fora substituído por outro músico, mas que teria que enfrentar uma viagem de quatro dias de ônibus de Nova York até a Califórnia. A demissão veio junto com a decadência do meio de transporte, e Mustaine se ressente até hoje de não ter sido previamente avisado, provavelmente de ambas as coisas. Pouco depois, Mustaine criou o Megadeth, uma das maiores bandas de metal de todos os tempos.

Em condições normais, eu não saberia nada disso, mas as constantes demissões noticiadas nos poucos jornais sobreviventes à crise me fizeram partir para uma pesquisa. Uma busca a partir das palavras "demissões inusitadas" resultou numa série de bizarrices e/ou casos que poderiam se confundir com planos de marketing, como o da funcionária americana de uma produtora de vídeos de notícias que, em 2013, bem, gravou um vídeo para pedir demissão. Enquanto dança pelas instalações da firma que oferece cadeiras giratórias nitidamente desconfortáveis aos seus contratados, as legendas explicam o drama: dois anos de sacrifícios em prol do aumento das visualizações dos vídeos do patrão, que só se importa com números e não dá a mínima para o conteúdo e a qualidade. Deve haver outros casos de metademissão, mas esse deve ser o único em que, de quebra, a ex-funcionária alavancou a trilha sonora escolhida — uma música do rapper Kanye West — para o topo das listas de mais ouvidas naquele período.

O que a mim soa mais bizarro, porém, é que os patrões continuem demitindo seus funcionários com selvageria, ou como se dirigissem um filme de terror. Como no caso de uma firma que noticiou o encerramento de suas atividades em um jornal de grande circulação, que acabou sendo o veículo pelo qual os funcionários souberam de suas demissões. O furo de reportagem foi, para eles, um tiro de misericórdia que nem sequer esperavam.

Em outro escritório que também movimentou a imprensa, os contratados começaram a ter dificuldade de acessar seus e-mails e a rede interna dos computadores, e logo concluíram que o "sistema" tinha caído. Todavia, começaram a ser chamados, um a um, à sala do RH, onde assinaram suas demissões. Uma lágrima escapou quando li a matéria, um *déjà-vu* me arrepiou da cabeça aos pés, e quis abraçar esses demitidos que viveram angústia parecida com a minha, provavelmente prostrados em suas mesas aguardando o chamado pra atravessarem o corredor da morte.

Os patrões pareciam ficar malucos na mesma proporção das dispensas, ou seja, em massa. Logo, o mais inusitado de tudo é que as massas não se unissem em motins contra seus algozes. Que não vestissem suas camisetas de bandas de rock e promovessem uma marcha persecutória, gótica ou metaleira, atrás desses miseráveis que nos demitem e nos enchem de burocracias, dívidas e caixas de papelão.

De uns anos para cá, num certo estrato social, o parto humanizado é uma bandeira que gestantes e mulheres defendem e divulgam, em oposição ao excesso de cesarianas e escolhas inverossímeis de mães que marcam o nascimento de suas crianças conforme a melhor conjunção astrológica. A demissão humanizada talvez seja uma nova causa a se perseguir. No futuro, quem tiver a cura para o torcicolo e para a exoneração decente de trabalhadores terá uma mina de ouro nas mãos.

Tristezas não pagam dívidas

Com o passar dos meses, algumas coisas ficaram evidentes: as pessoas não voltavam para resgatar suas lembranças. As caixas de papelão já tomavam parte do meu apartamento, e os donos de seus conteúdos seguiam adiante, emigravam, iniciavam novas vidas, inventavam novos papéis para si mesmos. O que por sua vez deixava claro que a indústria de caixas de papelão devia ser uma das poucas que ainda prosperava.

O mais notório, entretanto, era perceber que o mundo havia mesmo se tornado aquela música da

Legião Urbana em que o narrador dizia que tinha voltado a viver como "há dez anos atrás".

A essa altura, o presidente que substituíra a presidenta propunha reformas nas leis trabalhistas. As pessoas das redes sociais pareciam mais indignadas que a população, que talvez já tivesse sacado que a discussão sobre leis trabalhistas fosse inútil, uma vez que não havia trabalho. A palavra "emprego" caía em desuso. Um dia acordaríamos e a lógica vigente seria oposta à que até então regia as leis da sociedade: os empregados seriam minoria. A classe de trabalhadores se transformaria num grupo para o qual se olha com desconfiança, receio, como se fossem pragas, ou ameaças à maioria desempregada. Os portadores de carteira assinada seriam tema de programas de jornalismo investigativo. Deles se perguntaria onde vivem, o que comem, como se reproduzem. Um dia contaríamos para nossos filhos e netos, como se tudo tivesse se passado numa era remota, e com as imprecisões da memória, sobre o tempo em que as pessoas exerciam atividades em troca de salários e podiam usar uma hora da jornada de trabalho para almoço.

Em meio à desolação e à falta de perspectiva — ou janelas, que afinal não se abriam em nenhum lugar —, algumas pessoas próximas começaram a falar em *resistência* e *reinvenção*. A *resistência* logo se popularizou, e já se resistia a tudo. Os convites para as poucas festas que ainda se faziam usavam o termo, explicando que, diante de tantas tristezas, e no cenário sombrio do mundo contemporâneo, cabia a nós "resistir com nossos corpos e afetos", o que transformava toda pista de dança num ato político para o qual era preciso ler Deleuze e Guattari e Negri e Hardt, do contrário tinha-se a impressão de que dançar Claudinho e Buchecha e tentar um flerte era uma alienação burguesa de privilegiados. Já não se podia comemorar aniversário pelo simples fato de ter nascido. Era preciso engajamento, mil platôs, multidão.

Aos poucos os mais ativistas começariam a resistir até mesmo ao clima: fosse verão, resistiriam, ainda que suados, ao calor; fosse inverno, resistiriam, de cachecol, aos 20 graus.

Quase sem perceber, eu mesma começava a resistir, embora não possa especificar exatamente a quê. Ou talvez eu estivesse começando a buscar algum tipo de *reinvenção*, essa vertente do discurso me pareceu mais convincente, e passei a acreditar que das adversidades surgiam mesmo oportunidades. Esse primeiro esboço de reação se deu a partir de um convite de uma firma inimiga para um frila. Digo, inimiga à do patrão que ficou maluco. Não que houvesse toda essa rivalidade, mas, enquanto contribuintes da União e do mundo azul, cultivamos essa piada.

O frila não podia ser mais aprazível: eu teria de escrever um texto sobre o livro de um amigo que estava de passagem pelo Rio para o lançamento. Desde a demissão, embora minha família e amigos achassem que eu levava uma vida regrada e disciplinada pautada pelo livro no qual alegava estar concentradíssima, não havia escrito uma frase com mais de 140 caracteres, e portanto aceitei o trabalho com certo receio de não conseguir cumprir o acordo. Minha cabeça, assim como o mundo, também estava sombria.

Aproveitei a oportunidade para marcar um café, na ânsia de fazer perguntas que eu poderia aproveitar para o texto, e encontrei G. entusiasmado com a publicação, que era realmente uma joia. Passamos uma tarde conversando sobre literatura, sobre Bolaño e sua capacidade de inventar cinquenta personagens por parágrafo, o que, em tempos difíceis, parecia o cúmulo do supérfluo. Toda essa conversa, inclusive, me traria certa culpa ao ser rememorada, afinal havia todas as possíveis mudanças trabalhistas, escolas ocupadas e o presidente que, até onde eu sabia, poderia fazer o que a presidenta deposta não fez, e roubar o FGTS de muita gente. Por outro lado, pensei, talvez a literatura seja também ela uma resistência.

*

Urgia legalizar minha situação junto ao Ministério do Trabalho, já que eu havia carimbado minha entrada no processo de reabilitação. Para tanto, era preciso agendar um horário num dos postos do Ministério, munida daquela pasta de documentos e papéis que ainda continham as impressões digitais da moça do DP, e de A. e B., e que agora jazia numa gaveta.

A primeira tentativa, é claro, foi frustrada: a atendente do órgão consultou o sistema e só me ofereceu horários em outros municípios. Expliquei a ela que não me deslocaria até tão longe por um erro institucional, especialmente depois de toda a humilhação que viera a reboque da perda do direito ao seguro-desemprego. Não era justo que ainda por cima o Ministério do Trabalho me fizesse gastar tanto em transporte, tempo de engarrafamento etc.

Ela ouviu minha queixa e deu sua resposta-padrão, aconselhando-me a telefonar perto do horário de abertura do expediente, quando talvez houvesse mais chances de conseguir uma vaga no Centro da cidade. Aparentemente, não apenas a fila do FGTS estava concorrida, mas a da restituição do seguro--desemprego também. O mundo triturava os sonhos mais mesquinhos de uma multidão. Negri e Hardt não sonharam com tanto.

A segunda tentativa tampouco foi bem-sucedida, não que eu tenha acatado a sugestão da atendente. Não telefonei tão cedo quanto ela supunha, afinal há meses eu levava uma vida sem despertador, e rejeitei o alarme insistente que há tempos não ouvia. Fiz esforços, mas o Ministério do Trabalho insistia em mostrar sua face mais zombeteira, querendo me mandar sempre para vizinhanças às quais eu me recusava a ir. Ciente de que haveria juros e correção monetária na devolução do dinheiro, persisti, até que a firma inimiga me solicitou um novo frila, e depois outro, e por um tempo deixei de lado o assunto burocrático.

Percebi que, mais que a sensação de ser útil outra vez, um pequeno sentimento de vingança se acendia por dentro toda vez que o inimigo me requisitava para um trabalho, e as solicitações foram se tornando constantes. Eu fantasiava que o patrão que ficou maluco acompanhava os passos dos demitidos mesmo fora do escritório azul, como se de alguma maneira ele fosse monitorar nossas vidas para todo o sempre. Pensar que ele acompanhava meu incipiente sucesso nas trincheiras de oposição, portanto, me enchia de uma felicidade infantil, e isto era algo que eu jamais experimentara antes. Minha autoestima se restabelecia à medida que eu me tornava cada vez mais devedora, e até possivelmente ilegal, junto ao Ministério do Trabalho.

Camarão que dorme a onda leva

Aos poucos outras coisas foram ficando de lado, como a letargia, a tentativa de esquematizar um roteiro que pudesse ajudar os amigos que continuavam sendo demitidos e a ordem na minha casa, porque caixas alheias não paravam de chegar. A geladeira exibia folhetos de serviços de dedetização antitraça e anúncios de apartamentos maiores para alugar. Eu pensava em cobrar uma taxa dos amigos que haviam deixado suas caixas sob minha tutela, o que custearia um aluguel mais alto, o que logo descartei, com vergonha, afinal não poderia explorar meus semelhantes. Falhei em estabelecer um método para os demitidos, até porque, incentivada pelos textos que eu escrevia para os inimigos, comecei a correr atrás de outros trabalhos. A certa altura, integrei um escritório compartilhado, ou *coworking*, liderado por F., que afinal, após mais de dez anos de serviços prestados, tinha um FGTS respeitável, e uma cabeça fervilhante de ideias.

Ele ameaçou ir embora para Portugal e eu, ao me ver diante de mais uma perda, segurei-o pelos ombros e, em vez de elaborar um discurso racional e convincente, me desesperei como havia feito com o atendente da agência da Caixa, meses antes. Só consegui argumentar, entre soluços, que o Brasil vinha se transformando num país de patrões que ficaram malucos, que era nosso dever ficar e representar a classe derrotada, ainda que não tivéssemos lugar de fala. Até nisso éramos um embuste: nossas posições sociais privilegiadas nos impediam de sermos porta-vozes do G. R. E. S. Unidos dos Demitidos. Não tínhamos filhos para criar, nem famílias para sustentar. Ao contrário, eu tinha todo o apoio da minha família, o que me permitiu me deprimir com estabilidade. Vencido, portanto, F. disse que ficava.

Ainda que na maior parte do tempo o clima no *coworking* fosse quase revolucionário, muitas vezes aquilo parecia um *coworrying*, como trocadilhava F., e não sabíamos ao certo o que fazer. F. foi um exemplo de *resistência* e generosidade, me presenteando com uma cadeira ergonômica, cheia de regulagens e conforto, que me fez chorar na primeira vez em que me sentei nela.

Era comum passarmos tardes em conversas em que bolávamos planos de ação, projetos, cheios de desejo de realizar coisas, de apostar em empreitadas, tentando achar meios para botar em prática nossos talentos, fazendo inscrições nos enxugados editais culturais que ainda sobreviviam no país, é a crise, você sabe. Aos poucos eu me contagiava do entusiasmo dos outros, mas logo tinha recaídas e saudades da vida regrada, com ordens, de um chefe ao qual me reportar, cercada de colegas da minha categoria que compartilhavam não só as cadeiras giratórias baratas e os ácaros, mas também um piso salarial e um ticket alimentação que nos permitia comer verduras cheias de agrotóxicos e frangos cheios de hormônios nos restaurantes xexelentos do Centro da cidade.

F. começou a achar que eu apresentava sintomas leves da síndrome de Estocolmo. Não era de todo descabido. Eu sentia uma saudade tremenda de tantas coisas que começava a relativizar certos rituais da vida no escritório azul. Como as vésperas de Carnaval, em que todos usavam uma máscara ou adereços purpurinados na cabeça. Como as vésperas de Páscoa, em que todos exibiam orelhas de coelho peludas. Como as vésperas de Natal, quando as cabeças ficavam soterradas em gorros vermelhos. Como, enfim, todas as ocasiões que eu desprezava e que agora não pareciam tão ruins, porque eram um dos aspectos de uma vida organizada, com expectativas, perspectivas e menos dificuldades em responder perguntas simples, como: "O que você faz?"

Conhecer pessoas me apavorava, pois sabia que a pergunta era incontornável. Minhas bochechas ardiam em brasas instantaneamente, olhava para os lados nervosa, sentia meus olhos transbordarem, deixando o interlocutor confuso. Aos poucos entendi que o melhor era soar vaga e misteriosa, ou ser direta: "Fujo da Polícia Federal por ter causado um rombo nas contas do Ministério do Trabalho." Ambas as respostas encerravam qualquer conversa e evitavam mais problemas. Para os poucos que não se intimidavam, eu inventava que estava em um período sabático, lendo muito, escrevendo um livro, fazendo cursos, ou seja, me tornando uma pessoa mais interessante para o universo.

Minhas angústias nesse tempo passaram a ser de outras naturezas, distintas daquelas dos dias na firma em que eu acabava sucumbindo ao "dia do vestido" e tentava me esconder na foto de grupo em que todas as funcionárias mulheres usavam vestido: eu tinha que procurar trabalhos e bater em portas oferecendo meus serviços sem ter a certeza de continuidade, afinal, você sabe, a crise afeta toda a cadeia de produção; percebi como eu estava contaminada pela ideia de que meu espírito profissional seria sempre fordista, condenado à alienação e à submissão a patrões que não tardariam em ficar malucos. Resistir e reinventar, por si só, já me pareciam atividades que deveriam ser remuneradas.

O motor que me fazia continuar, mais que o novo grupo de apoio que se insinuava na sala compartilhada, era aquela faísca que brilhava a cada momento sombrio que eu conseguia vencer com a nota fiscal que emitia para os inimigos. Era como se no dia seguinte as manchetes dos jornais estampassem o meu nome em letras garrafais, anunciando grandes feitos que sambariam na cara do ex-patrão, que, verdade seja dita, devia estar cagando um balde para a minha aflita existência.

Vão-se os anéis,
ficam-se os dedos

G. e eu acabamos por estabelecer uma corres-
pondência frequente e longuíssima por e-mail.
Por mais que o mundo já nos oferecesse disposi-
tivos mais modernos de conversas à distância, a
nós os modos do século XIX caíram bem. Outro
aspecto surpreendente dessa amizade era que ele
não estava em Lisboa, mas em Buenos Aires, cidade que passava por situação ainda mais delicada
que o Rio. Em nossas missivas, passeávamos por
temas diversos, mas o assunto principal pouco
variava. Conversávamos sobre livros, G. me dava

dicas de novos autores, e aos poucos eu recuperava o ritmo de leitura que havia sido soterrado por burocracias, Dormonid e *reality shows*. Eu enveredava, principalmente, por autores latino-americanos dados a delírios, como César Aira, que era constantemente evocado por G. quando relembrava situações absurdas de suas novelas.

Estabeleci, também, uma comunicação mais constante com A. e B., de quem eu sentia saudades. Eu já podia lidar com as conquistas deles, e comemorava as novidades que vinham de além-mar. Finalmente, então, perguntei a eles o que haviam feito com as caixas de papelão que levaram embora do mundo azul naquela segunda-feira fatídica. Era um tópico antigo, possivelmente já mofado e infestado de traças, mas que acabava sempre em segundo plano quando estávamos juntos. Surpresos com minha falta de memória, eles disseram que haviam deixado suas caixas comigo antes de singrar os mares. Estupefata, entendi que a hora havia chegado.

Uma enxurrada de papéis e toda aquela lista de objetos emergiram das caixas que já quase tomavam todo o apartamento. A cozinha, há muito desativada pelo acúmulo desses recipientes, foi o primeiro cômodo a ser combatido. Eu precisava de rigor para dar conta de tudo e me tornar dona do espaço outra vez. Precisava, sobretudo, de falta de misericórdia total com aquilo. O início parecia promissor: enchi dois sacos grandes de folhas de papel que não continham nada que parecesse relevante ou importante. Havia uma boa quantidade de agendas com logotipos de empresas de ramos diversos, e julguei que aquilo também não teria mais utilidade, mesmo se alguém resolvesse, um dia, resgatar seus pertences, o que parecia improvável. Outra vez fui tomada por aquele sentimento que despertou junto com os primeiros trabalhos para os inimigos, e pensei que talvez o item fundamental de um suposto manual para demitidos fosse composto pela flexão imperativa do verbo derivado do substantivo que concentrava em si doses elevadas de rancor e mágoa. O derradeiro passo do meu roteiro era simples: Vingue-se.

A fúria inicial que me levou a rasgar papéis e condenar à reciclagem um sem-número de pequenos objetos que talvez nem fossem recicláveis me fez atravessar a manhã e a tarde sem nem perceber, e eu sentia que a cada caixa esvaziada eu também estava vingando os amigos que tinham confiado

seu desamparo a mim. Num arroubo megaloma-
níaco, era como se eu estivesse vingando os mais
de 12 milhões de brasileiros desempregados.

O problema é que, à hora do crepúsculo, deparei
com as minhas próprias caixas, o poema dos ipês,
inclusive, e o acervo de A. e B., e finalmente entendi a melancolia daquela faixa de horário que
tanto nos atormentou. Os encerramentos, sejam
de um dia ou de anos de um trabalho, provocam
um balanço que, naqueles tempos imediatos após
a demissão, era quase inconsciente, mas que ron-
dava sempre com a mesma conclusão de não ter
feito absolutamente nada. Ainda: ao redescobrir
aquele universo de lembranças, memórias e afetos,
sucumbi a uma tristeza paralisante. Quantas vidas tinham dado os mesmos passos que a minha;
quantas insônias tinham atravessado noites sem
os mesmos recursos que eu tinha; quantas pessoas
dependiam de seus seguros-desemprego para
prover suas casas; quantos profissionais tinham
encaixotado seus sonhos e se viam, como eu e os
Smiths, miseráveis.

Como César Aira terminaria essa história?, era
uma pergunta recorrente em minhas trocas com
G. Tentar raciocinar por uma lógica alucinada era

o que almejávamos fazer diante de impasses, mas a minha mente fordista sempre me atrapalhava. O exercício cabia ali, naquela cozinha entulhada de objetos, naquela narrativa que, como diria Benjamin, era a dos vencidos.

A solução possível foi fazer uma triagem, descartar o que cataloguei como inafiançável e reduzir a três caixas o que etiquetei como dignos de um ritual. A. e B. viriam passar férias no Brasil, portanto o cadáver que ficou era uma mistura de coisas de nós três, nossos *escravocards* incluídos.

Amigo é coisa pra se guardar

Sonhei com o reencontro muitas vezes durante a ausência deles. A. e B. me davam um senso de pertencimento que começou a se formar no limbo da pós-demissão, nos dias amargos em que tínhamos de digerir os acontecimentos e lidar com a papelada da burocracia. Filas de banco unem as pessoas como poucos outros eventos de uma vida fazem. Na véspera da chegada, a ansiedade não me deixou dormir, mas ao contrário da insônia de outrora, eu sentia palpitações de alegria.

Sugeri um encontro numa praia em Niterói, onde eu tinha um horário agendado no Ministério do Trabalho. Eu estava tentando, com afinco, legalizar minha situação. A. e B. pareciam entusiasmados com a ideia de encararmos uma fila burocrática juntos outra vez. Não contávamos, porém, com as mudanças nas linhas de ônibus da cidade, e, depois de tentarmos três ou quatro coletivos que não nos levaram a lugar algum, nos dirigimos ao nosso ponto tradicional da praia de Ipanema.

Depois de um mergulho no mar e um brinde com cervejas industrializadas cheias de milho transgênico, disparei uma série de perguntas sobre a vida em Portugal, o sobe e desce em Lisboa, e timidamente perguntei se eles tinham cruzado com o bunda do meu ex-namorado. Percebi uma rápida troca de olhares entre os dois, e temi pelo pior. Um flash de cenas de amizade, afeto, confraternização e troca de fraldas cruzou o meu cérebro, e quando meus lábios já tremiam eles disseram que sim, que o tinham visto, que tinham se cumprimentado algumas vezes, que numa delas ele havia pedido notícias minhas, estranhando meu sumiço, e logo em seguida mostrando fotos do bebê, da mulher com o bebê, de si mesmo com o bebê. Encolhi os ombros e enfiei um pouco mais os pés na areia, como se o gesto fosse enterrar junto aquele nó na garganta que eu ainda sentia ao pensar nele.

Como para me distrair, ou para adiantar o tópico sobre o qual nos deteríamos por mais tempo, eles começaram a contar sobre o surto de imigração para Lisboa, que havia se tornado a cidade de uma certa categoria de brasileiros demitidos. Ainda que Portugal enfrentasse sua própria crise, o êxodo continuava daqui pra lá. Nos meus sonhos, eu disse a eles, não tardaria a acontecer um contrafluxo de portugueses em direção ao Brasil, o país dos patrões. Eu os imaginava embarcando em caravelas, e me enchia de otimismo ao pensar que os patrícios promoveriam a insurreição tão desejada, reparando, de lambuja, toda a cagada nacional iniciada em 1500.

Com o cair da tarde, veio a melancolia, e, após aplaudirmos juntos o pôr do sol, fomos até minha casa enfrentar o monstro que guardei por tantos meses. Expliquei a eles o meu método de triagem, e nos vimos ali, diante de três caixas de papelão com os logotipos pintados que guardavam uma etapa de nossas vidas. Eu temia que o apagamento físico dessas memórias selasse também um encerramento de nossas relações, o que era uma bobagem sem fundamento. O que o FGTS une ninguém separa.

O casaco azul-marinho do meu ex-namorado e o que eu usava no dia em que o telefone tocou e não era o meu amor foram doados a uma instituição de caridade. Com o auxílio de um amigo que providenciou engrenagens de segurança no quintal de sua casa, incineramos tudo o mais que havia dentro das caixas. No último minuto, guardei o poema sobre os ipês. A. e B. levariam as cinzas de volta para Lisboa e as atirariam ao Tejo para que as correntes e as criaturas marinhas se encarregassem do paradeiro final. Se janela alguma se abriu depois de cumprida esta etapa tão adiada, nosso exorcismo ao menos fechou de vez a porta do mundo azul, que ainda parecia ligeiramente entreaberta.

*

A vinda de A. e B. ao país também significou um retorno mais definitivo de ambos a Portugal. Eles ainda tinham objetos, roupas e outras providências a serem tomadas no Brasil, e naturalmente os ajudei a encaixotar o que seria levado para o velho continente. Uma parte de mim queria ir junto, e eles insistiram, argumentando que eu poderia continuar prestando serviços para os inimigos ou quem quer que fosse. Diziam também que, cedo ou tarde, todo mundo que conhecíamos seria demitido, que o emprego formal seria um dado de livros de história, que a consolidação das leis trabalhistas seria revista como uma utopia, o plano de idealistas, de românticos despossuídos de visão. A essa altura, o presidente ameaçava acabar com o horário de verão, e mais uma vez decidi ficar, a fim de fazer parte do levante contra as atrocidades diárias propostas pelas autoridades que nos desgovernavam. Ofereci uma pizza de despedida em minha casa.

Preparei uma trilha sonora com algumas coisas que eu vinha escutando nos últimos tempos, afinal a demissão e o desemprego pautavam tudo nos meus dias. Esse era motivo de conversas e pesquisas divertidas no escritório compartilhado. F. e eu buscávamos as canções de protesto do nosso tempo, categorizando músicas que evitavam implosões quando a angústia apertava; outras de espírito motivacional ("Get up, stand up", Bob Marley); algumas que eram hinos clássicos contra a opressão, e que F. ouvia em looping, cantando com sangue nos olhos ("Podres poderes", Caetano Veloso); as utópicas, que nos engasgavam (a maioria do Belchior) e nos faziam encerrar o expediente antes de uma carga horária burocraticamente aceitável — teríamos sequelas para todo o sempre, parece. A minha preferida, porém, era um grande hit do Só Pra Contrariar, o "tô fazendo amor com outra pessoa, mas meu coração vai ser pra sempre seu", porque, embora tratasse de dor de cotovelo, essa era outra música em que eles pareciam falar de demissão.

Atraídos pela trilha sonora do fracasso, dois vizinhos tocaram a campainha e me cumprimentaram um pouco abatidos, carregando algumas latas de cerveja, me perguntando se podiam se juntar a nós: ela veterinária, ele analista de sistemas — profissão que jamais entenderei ao certo do que se trata —, tinham sido demitidos dias antes, e perguntaram, inclusive, se poderiam alojar suas caixas demissionárias em meu apartamento. Prometi pensar, e afinal capitulei, já que havia espaço outra vez.

Logo outros vizinhos apareceram, e todos exibiam o ar inconfundível de quem estava passando tempo demais em filas: a epidemia tinha atingido quase todos os moradores do meu prédio, que, desempregados, se juntaram a nós. A noite se transformou numa festa melancólica, bonita e absolutamente desafinada, cujo encerramento, verdadeira catarse coletiva, foi uma cantoria em que extravasamos nossos ódios por todos os patrões que ficaram malucos.

Quem ri por último ri melhor

Meu nome é J. e estou demitida há mais de setecentos dias. Não fui para Portugal, como estabeleceu o roteirista macabro que passou a governar a minha vida e a de tantas pessoas ao redor. Gastei meu FGTS em cervejas artesanais, bilhetes de loteria, repelente e açúcar. Passei horas anestesiada em frente à TV, evitando contato com a humanidade, me arrependendo de ter provocado o afastamento do bunda do meu ex-namorado que me olhava com aqueles olhos translúcidos e que, encantados, enxergavam pelas manhãs uma mulher ainda meio amassada, mas sobretudo empregada, dona de uma carteira de trabalho assinada, com uma carreira brilhante pela frente.

Estou demitida há mais de dois anos, tempo que talvez seja suficiente para sacudir a poeira e dar a volta por cima, ou para se convencer de que águas passadas não movem moinhos, ou para saber que a fome é a melhor cozinheira, ou para colecionar conselhos baratos, vícios em substâncias químicas para dormir, acordar, dormir de novo, acordar de novo. Tempo suficiente para remoer a mágoa, desidratar de chorar, passar os dias comendo os cantos da boca, das unhas, e adquirir cacoetes nervosos, rosáceas, herpes, até desistir de lutar contra a queda de cabelo. Tempo para tentar se comportar da maneira que as pessoas esperam que você se comporte, com algum estoicismo, até aprender — antes tarde do que nunca — termos mais contemporâneos, como resiliência. Tempo para conhecer diversas correntes de autoajuda, religiões cuja existência você jamais saberia se não fosse pelo patrão que ficou maluco numa segunda-feira em que talvez fizesse frio.

Dois anos e tantos meses depois do dia D, o cenário político nacional e internacional torna quase todos os cidadãos vivos demitidos, seja de seus otimismos e sonhos ou de suas tranquilidades e sonos. O desemprego tornou-se endêmico, como uma epidemia que traz precariedades distintas aos contaminados.

Em algum lugar do passado, uma rede de lojas de eletrodomésticos anunciava suas promoções imperdíveis com o bordão: "O patrão ficou maluco." Atualmente, as propagandas de lojas de eletrodomésticos enumeram as vantagens de investir seu FGTS em tevês, fogões, geladeiras. Minha ideia de oferecer serviços de *personal esperator* teriam afundado diante de uma população que tem todo o tempo do mundo para esperar o que quer que seja.

O patrão que ficou maluco será para sempre essa figura que te abriu uma porta, te acomodou em cadeiras baratas, triplicou suas chances de espirrar e traçou para você um plano de carreira abortado no momento em que, tempos depois, te jogou por uma janela, te espatifando no concreto, é a crise, você sabe, mas não foi ele quem explicou, foi a moça do Departamento Pessoal, que ainda teve que acudir uma pessoa que teve queda de pressão e sofreu um desmaio, embora nem precisasse, porque ela não estava na lista de cortes de custo. O patrão que ficou maluco — e todos os patrões que ficaram ou ficarão malucos — será para sempre essa criatura que te reduziu a um *custo*.

Quando uma porta se fecha, uma janela se abre, mas em alguns casos ela é um basculante estreito, pelo qual você não consegue passar. A sensação que tenho é de que fiquei entalada nesse meio do caminho onde já se consegue ver o mundo lá fora, mas algo te prende ao passado. Sonho constantemente com o patrão que ficou maluco. Ou melhor, tenho pesadelos nos quais ele sofre dores terríveis. Nunca a morte, que seria uma saída preguiçosa, nem mesmo algo drástico, nenhuma cena de Bolaño. Males cotidianos: ele queima a língua com o café quente; pisa em uma peça de Lego dos netos; faz um tratamento de canal.

Fosse um personagem de um autor latino-americano, o patrão que ficou maluco — e todos os que ficaram ou ficarão — teria sido arremessado da janela pela junta de demitidos, metaleiros ou góticos, que fingiria sair do mundo azul corporativo com suas caixas de papelão e bugigangas decorativas que afinal seriam usadas para soterrar e logo asfixiar a moça do Departamento Pessoal, cúmplice daquele absurdo. Ririam por último, certamente, e brindariam ao futuro como diretores da firma acarpetada com os melhores vinhos do patrão que afinal acabaria bastante morto.

Mas, sendo meu personagem, o patrão provaria de seu próprio veneno num plano ardiloso de meta-vingança: os sobreviventes do ficaralho chegariam para trabalhar numa segunda-feira, e um deles telefonaria para o ramal do patrão às 9h15 para informá-lo de que estava indo embora. Quinze minutos depois outro futuro ex-funcionário faria o mesmo. E assim sucessivamente. O patrão, alojado em sua cadeira giratória superior à dos rebeldes, se desesperaria, sem ter a mais vaga ideia de quem seria o próximo a abandonar o barco, e sem entender por que seus contratados adotavam essa tática de tortura, como se extraíssem um dente a sangue frio e dessem um tempo de recuperação para logo então arrancarem outro, e depois de uma pausa ainda outro, até que a moça do Departamento Pessoal entrasse em sua sala para dizer que não havia sobrado ninguém, "empty chairs at empty tables", é a crise, você sabe, eles foram muito razoáveis, e ela cantaria aquela música do Gonzaguinha, "você deve rezar pelo bem do patrão, e esquecer que está desempregado", enquanto empilhasse dezenas de caixas de papelão cheias de pertences dos insubordinados pelos corredores vazios da firma: lenços de papel, calendário de mesa, remédio de nariz, uma pilha de livros que ninguém nunca vai avaliar, duas pastas suspensas que jamais voltarão para o arquivo, óculos, *escravocards* que exibem fotos que revelam todo o entusiasmo de anos antes de uma legião de demitidos.

A vingança é um prato que se come frio, dizem. Mas, na história do mundo, seguimos sentados à mesa, em frente a travessas fumegantes, a esperar.

Agradecimentos

A Carolina Salomão, Clara Meirelles, Débora Camilo, Eugênia Ribas-Vieira, Isabel de Nonno, Marcelo Grabowsky, Monica Maia, Lucia Riff e todos na Editora Record, especialmente Duda Costa e Carlos Andreazza.

Este livro não existiria se Vivian Wyler não tivesse cruzado meu caminho. A ela, sempre: obrigada.

Escrevi este livro embalada por músicas, muitas delas citadas nestas páginas. Você pode ouvir a trilha sonora dos demitidos aqui: <https://open.spotify.com/user/juliaslw/playlist/1dvCnqvgdSF5oA0zEkadyG>.

Este livro foi composto na tipografia Sabon
LT Std, em corpo 12/17, e impresso em
papel off-white no Sistema Cameron da
Divisão Gráfica da Distribuidora Record.